给孩子的莎士比亚戏剧故事集

（英）安吉拉·麦卡利斯特 / 文
Angela McAllister
（英）爱丽丝·林德斯特伦 / 图
Alice Lindstrom
蒲海丰　李墨 / 译

化学工业出版社
·北京·

A Stage Full of Shakespeare Stories
First published in 2018 by Lincoln Children's Books, an imprint of The Quarto Group
Text copyright © 2018 Angela McAllister
Illustrations copyright © 2018 Alice Lindstrom
All rights reserved.
Simplified Chinese copyright © 2019 Beijing ERC Media Inc.

本书中文简体字版由化学工业出版社有限公司独家出版发行。未经许可，不得以任何方式复制或抄袭本书的任何部分，违者必究。
本版本仅限在中国内地（不包括中国台湾地区和香港、澳门特别行政区）销售，不得销往中国以外的其他地区。

北京市版权局著作权合同登记号：01-2019-3467

图书在版编目（CIP）数据

给孩子的莎士比亚戏剧故事集/（英）安吉拉·麦卡利斯特（Angela McAllister）文；（英）爱丽丝·林德斯特伦（Alice Lindstrom）图；蒲海丰，李墨译．—北京：化学工业出版社，2019.10（2023.3 重印）
书名原文：A Stage Full of Shakespeare Stories
ISBN 978-7-122-35208-8

Ⅰ.①给… Ⅱ.①安…②爱…③蒲…④李… Ⅲ.①儿童故事-图画故事-英国-现代 Ⅳ.①I561.85

中国版本图书馆CIP数据核字（2019）第203034号

出 品 人：李岩松　　　　　　　　　　　　　　　　　责任编辑：笪许燕　刘　莎
版权编辑：金美英　　　　　　　　　　　　　　　　　营销编辑：龚　娟　郑　芳
责任校对：杜杏然　　　　　　　　　　　　　　　　　装帧设计：刘丽华

出版发行：化学工业出版社（北京市东城区青年湖南街13号　邮政编码100011）
印　　刷：北京利丰雅高长城印刷有限公司
889mm×1194mm　1/12　印张11½　字数204千字　2023年3月北京第1版第4次印刷

购书咨询：010-64518888　　　　　　　　　　　　　　售后服务：010-64518899
网　　址：http://www.cip.com.cn
凡购买本书，如有缺损质量问题，本社销售中心负责调换。

定　　价：98.00元　　　　　　　　　　　　　　　　　　　　　　版权所有　违者必究

目 录

麦克白

1

罗密欧与朱丽叶

10

哈姆雷特

20

仲夏夜之梦

30

暴风雨
40

第十二夜
50

奥赛罗
60

皆大欢喜
70

尤利乌斯·恺撒

80

无事生非

90

李尔王

100

威尼斯商人

110

不惮辛劳不惮烦,

釜中沸沫已成澜。

剧中人物

麦克白

苏格兰将军，考特爵士

班柯

苏格兰将军，麦克白的朋友

国王邓肯

苏格兰国王

麦克白夫人

麦克白的妻子

麦克德夫

苏格兰贵族

麦克白

冷风呼啸的一天，两个人骑马经过苏格兰的荒野。他们是从战场归来的勇士——麦克白和朋友班柯（kē），刚刚为国王打了胜仗，筋疲力尽。

他们在石楠花丛中艰难地穿行，一团黑雾盘旋而来。昏暗中出现了三个衣衫褴褛（lán lǚ）的身影，她们弯腰弓背，身形扭曲，就像被狂风吹过的大树。

"你们是什么东西？"班柯警惕（tì）地问。

"快说话！"麦克白命令道。

三个女巫慢吞吞地放下黑色的兜帽，露出可怕的面孔。她们用瘦骨嶙峋（lín xún）的手指着麦克白：

"万福，麦克白！祝福你，葛莱密斯爵士！""万福，麦克白！祝福你，考特爵士！""万福，麦克白，未来的国王！"女巫们大声说道。

麦克白不禁打了个寒战，这样怪异的打招呼方式让他很困惑。她们是如何知道他的名字，还把他错认成考特爵士呢？她们说他会成为国王，又是什么意思呢？

"你们好像在预言未来，"班柯说，"你们能看到我的未来是什么样的吗？"

三个女巫转过身，朝着班柯邪恶地笑了笑，声音嘶哑地说："你会成为国王的父亲，但你自己当不了国王！"不等麦克白和班柯再次发问，她们就随着一阵旋风消失了。

"刚才发生的事只是幻觉。"当他们继续前行时，班柯低声对麦克白说："战场上的压力让我们神经脆弱。她们说你会成为考特爵士，戴上王冠，可爵士和国王都活得好好的呢。"

就在这时,一个信使骑着马急匆匆跑过来。他对麦克白说:"邓肯国王命我转达他对您的谢意。您立下大功,国王授予您'考特爵士'的头衔。"

麦克白有些不敢相信自己的耳朵:"考特爵士还活着呢。"

"他是个叛徒,"信使解释说,"他对帮助叛军的事实供认不讳(huì),所以他的领地和爵位都是您的了。"

麦克白凑到班柯跟前低声说:"那些女巫的预言有一个竟然成真了,剩下的预言可能也会应验。"

"小心点,我的朋友,"班柯说,"黑暗的力量经常会用诡计把人引向邪恶。"

麦克白把斗篷拉到胸前,想掩饰一下女巫的预言给他种下的野心:"走吧,我们该去见国王了。"

当两人来到宫殿时,他们被当作英雄,得到礼遇。麦克白写信给妻子,告诉她发生的事情。

麦克白夫人对女巫的预言非常感兴趣。她狡猾地想道:"命运可能需要我帮他做点什么。我知道麦克白渴望成就大事,但他太正直了。我必须教他成为冷酷无情的人,才能夺取预言的王位。"

那天晚上,麦克白回到因弗内斯山的城堡。他对妻子说:"邓肯国王邀请我们今晚去王宫。"

麦克白夫人笑着说:"亲爱的丈夫,这正是你实现女巫预言的好机会啊。你应该趁国王熟睡的时候杀了他!"

麦克白大惊失色:"我不能谋杀国王!"虽然他的野心在不断增长,可他还是立刻否定了妻子的提议。

"你的勇气哪儿去了?"麦克白夫人问道,"你到底是要拿到自己渴望的王冠,还是要做一个不敢尝试的懦(nuò)夫?"她用尽所有手段去说服麦克白,威逼利诱、百般嘲弄,直到麦克白再也无法抵抗内心对权力的渴望。

"我会把一切都安排好的，"麦克白夫人许诺说，"你就按我说的做吧。"

那天晚上，麦克白夫人给邓肯国王的侍卫都下了安眠药。当王宫里的所有人都熟睡后，麦克白从阴暗处溜进了国王的房间。在门口，他的眼前出现了可怕的幻象——一把匕首在他眼前飘动，血从刀刃（rèn）上滴下来。他心里充满恐惧，低语道："你是一把真正的匕首，还是我幻想出来的？"然而唯一的回应只有午夜的钟声。

"这幻象一定是命运的指引。"他这样想着，走进房间，从熟睡的侍卫身上拿下匕首，杀死了国王。

第二天早上，尖叫声响彻整个王宫，"杀人了，杀人了……"麦克白夫人把国王的血涂抹到侍卫的身上，让侍卫看起来像是杀人凶手。其他人还没来得及询问侍卫，麦克白就装作愤怒又震惊的模样，把侍卫都杀掉了。

大家很快就知道了这个悲惨的消息。邓肯国王的两个儿子——马尔康和道纳本——悲痛欲绝，又非常害怕。

道纳本说："我们在这里不安全。人心险恶，我们也可能会被指控。"于是，兄弟二人毫不迟疑地离开苏格兰，马尔康逃到英格兰，得到了国王的保护，道纳本坐船去了爱尔兰。

许多人认为两个王子是畏罪潜逃。王位继承人离开，麦克白成为国王，一切正符合女巫的预言。

但是，有个叫麦克德夫的贵族觉得事有蹊跷。他发现了国王的尸体，不明白麦克白为什么都不询问侍卫，就直接把他们杀掉了，于是他开始怀疑，事情也许并不是表面上看起来的样子。

女巫对麦克白的预言全都轻易地应验了，这也让班柯产生了怀疑。当麦克白召集所有贵族出席加冕宴会时，麦克德夫躲了起来，但班柯无法拒绝。班柯感到很不自在，就趁宴会还在筹备的时候，和儿子弗里恩斯骑马出去散散心。

麦克白看着班柯骑马离开,心想:"班柯知道女巫的预言,他会猜出来我做了什么吗?女巫还预言班柯会成为国王的父亲,这是什么意思?"麦克白一方面对自己的恶行感到害怕,另一方面也嫉恨他的朋友。

"我的心里就像装满了蛇蝎!"他长叹一声,"只要班柯活着,我就不踏实!"他命令两名刺客尾随班柯和弗里恩斯,趁机把他们都杀掉。

那天晚上宴会开始后,麦克白收到消息,得知班柯已死,但他的儿子弗里恩斯却逃脱了。麦克白虽然不高兴,但表面上还是面带微笑迎接客人。

等到众人就座的时候,麦克白惊恐地发现班柯的鬼魂竟然坐在他的位子上,麦克白吓得缩成一团。他颤抖地指着那把空椅子,气急败坏地说:"你无法指控我!你的血已经没有温度,眼睛已经看不见。快走开,可怕的影子!"

众人一言不发地凝视国王奇怪的举止。

"大家不要害怕!"麦克白夫人说,"我丈夫时常会有幻觉。"但是贵族们却对看到的一切感到不安。

很快就有了各种流言蜚(fēi)语。人们开始怀疑邓肯国王和班柯的死因。麦克白被负罪感和恐惧困扰,难以入睡。"我一定要找到那三个女巫,"他暗下决心,"我想知道自己未来的命运。"

女巫们正在山洞里等着麦克白,沸腾的大锅下面的柴火发出摇曳(yè)的光芒。"拇指的刺痛告诉我,邪恶的东西正朝这儿走来。"她们唱着歌。这时,麦克白走进来,急切地想知道他的命运。

锅里冒出的蒸汽让女巫们看到了三个幻象。第一个幻象是一名士兵的头颅,旁边写着:小心麦克德夫!

接着出现了一个滴血的婴儿,旁边的警告是:凡是女人生的人,都没法伤害你。

最后一个从昏暗中现身的幻象,是手中拿着小树苗的男孩:麦克白永远不会被人打败——除非有一天勃南的树林会冲着他向因弗内斯山移动。

麦克白松了口气,大笑着说:"每个人都是女人生的,因此,没有人能杀我。树林永远不可能爬到山上去,看来我只会在自己的床上终老了!"

回到王宫后,麦克白不再害怕了。一个信使一直等候他的归来,禀报说麦克德夫已经逃到英格兰去和马尔康汇合了。这样的背叛让麦克白很恼怒,他不但命人毁掉麦克德夫的城堡,还杀了他所有的家人。他不屑(xiè)地说:"看你们还有什么办法!凡是女人生的人,都没法伤害我!"

当麦克白毫无顾忌的时候,他的统治手段越来越恐怖。他不相信任何人,每个人都感觉自己成了被怀疑的对象。他不关爱百姓,百姓生活在贫困与饥饿之中。苏格兰的民众多么渴望有一个公正贤明的国王出现啊。

几个贵族暗中支持马尔康。马尔康很快就在英格兰招募(mù)到军队,准备和麦克德夫一起北上讨伐麦克白。麦克德夫立下誓言:"我们要把王位还给合法的继承人,我也要为我的家人报仇!"

麦克白做好了守卫王宫的准备,他确信没有人会威胁到自己。但是,麦克白夫人却没有那么坚强。她整日独自幽居在王宫里,被杀害国王的记忆所折磨。她开始梦游,试图洗掉手上并不存在的血迹,还不停地自言自语,甚至把自己的罪孽(niè)大声说出来。

麦克白吩咐医生尽快治好她的病,却没有任何效果。医生说:"只有王后本人能去除她心里的病根。"

虽然麦克白的野心实现了——他得到了王位,但王位给他带来的只有绝望和死亡。随着马尔康的军队步步逼近,麦克白感到命运之神也正向他紧逼。他命令士兵挂起旗子进行抵抗。突然,一声尖叫传遍整个王宫:"王后

驾崩了！"她为自己的恶行付出了代价。

麦克白痛苦地低下了头，但已经没有时间哭泣。这时，传来令人匪夷所思的消息，使者进来报告说："勃南的树林，一座活动的树林，真的移到因弗内斯山上来了！"

"一派胡言！"麦克白喊叫着跑到窗前，发现竟然是真的：马尔康的士兵用勃南树林的树枝遮掩住自己的番号，他们正朝山上冲过来。

"我被愚弄了！"麦克白穿上盔甲，带领士兵冲出王宫。

麦克白无所畏惧地战斗，见人就杀。"受死吧！"他一边挥舞着武器，一边大声说："凡是女人生的人，都没法伤害我！"

这时，一个熟悉的声音响起来。

"转过身来，你这地狱的恶犬，转过身来！"麦克德夫大叫着，"我就是那个不是女人生的人，我是剖（pōu）腹产的！"

麦克白震惊得如遭雷击。他终于明白自己被三个女巫愚弄了。他痛苦地大笑，转身面对他的命运。他把盾牌扔到地上，举起他的战斧，冲麦克德夫大叫："来吧，过来吧，我要像战士一样战死沙场！"❶

---

❶ 在本书中，有些情节与莎士比亚原著相较，内容略有差异。如此剧，麦克白有台词"我的剑是应该为杀敌而用的"，而本书描述的是"战斧"。考虑到原图因素，可视为改编。——译者注

名字有什么关系呢?

玫瑰不叫玫瑰,

它依然芳香。

剧中人物

朱丽叶

凯普莱特公爵的女儿

罗密欧

蒙太古公爵的儿子

奶妈

朱丽叶的奶妈

蒙太古公爵及夫人

罗密欧的父母

凯普莱特公爵及夫人

朱丽叶的父母

茂丘西奥

罗密欧的朋友

提伯尔特

凯普莱特公爵的外甥

班伏里奥

罗密欧的朋友

罗密欧与朱丽叶

很久很久以前,在意大利的维罗纳城,生活着两个世代为敌的家族,一个是凯普莱特家族,另一个是蒙太古家族。他们两家人仇怨深重,经常在街上互相打斗。一天,他们之间又发生了一次激烈的斗殴(ōu),惊扰了市民。维罗纳亲王警告凯普莱特公爵和蒙太古公爵,要管好各自的家族成员,要是再有人扰乱治安,就会被处死。

不久之后,凯普莱特公爵筹备了一场化装舞会,邀请维罗纳城的所有贵族家庭参加。蒙太古公爵的儿子罗密欧明白,他们家肯定不会被邀请,可他的朋友班伏里奥另有主意。

"看到你为罗瑟琳唉声叹气、闷闷不乐的样子,我真是烦透了,"班伏里奥目光炯炯(jiǒng)地说,"她根本就不喜欢你。你不如和我,还有茂丘西奥一起去参加凯普莱特公爵的舞会。当你把罗瑟琳和舞会上其他漂亮女孩一比较,你就会发现她不过是天鹅群里的黑乌鸦!你很快就会找到别的心上人。"

罗密欧忍不住想去。虽然凯普莱特家对蒙太古家族的人来说是个危险的地方,但他想见到罗瑟琳,不管她多么不在乎他。

舞会那天晚上,罗密欧、班伏里奥和茂丘西奥都戴上了面具。罗密欧在宾客中间左顾右盼,希望能看到罗瑟琳的身影,却在无意中被另一个女孩吸引住了——她的红色长发在灯火中熠熠(yì)生辉。罗密欧被她的美貌倾倒,久久地凝视她,完全忘记了罗瑟琳的存在。他一步步走近,心怦怦(pēng)直跳,希望能引起她的注意。女孩看见他时,害羞地笑了笑。

罗密欧突然意识到,世界上除了眼前这位舞姿曼妙的女孩,再没有任何重要的事情了。他脱口而出:"我确信直到这一刻之前,我从来没有真正爱过任何人。"

不幸的是,凯普莱特公爵的外甥提伯尔特恰好站在旁边,一下就听出了罗密欧的声音。他愤怒地咆(páo)哮:"蒙太古家的人竟敢走进这个房子!"提伯尔特推开人群,想去门口拿宝剑,却被凯普莱特公爵叫住了。公

爵问他发生了什么事。

提伯尔特怒吼:"我们的仇人罗密欧在这里!"

凯普莱特公爵想起了亲王的警告,他说:"让他留下来吧,罗密欧没有惹麻烦。虽然他是蒙太古家的人,但大家都称赞他。"

"我不想看见那个恶棍戏弄我们。"提伯尔特不满地说。

"你要是不听我的话,该走的人就是你!"凯普莱特公爵厉声说,"我不想有人毁了今晚的舞会。"

提伯尔特气急败坏地离开了。他低声嘟囔(nang):"罗密欧,我不会忘记今天的事。"

罗密欧没有意识到自己惹下的麻烦,他努力寻找机会,想和那位红发女孩说句话。当舞蹈结束后,他摘下面具,走到那女孩身旁,轻轻地牵起她的手。女孩转过身,惊讶地睁大眼睛,脸羞红了。罗密欧知道女孩也和他有一样的感受,因为她没有把手抽出来。

"我的手冒犯你了吗?"罗密欧问道,"如果你感到不安,我的双唇可以赶走它。"

"手可以触碰在一起祈祷(dǎo),和嘴唇一样。"朱丽叶回答。

"那就让我们的双唇像手一样触碰吧。"说着,罗密欧吻了她。

这时,一个老女仆走过来打断他们。

"小姐,你母亲想和你说几句话,"女仆说,"你必须立刻离开。"

女孩松开罗密欧的手,冲他嫣(yān)然一笑,然后消失在了人群中。

"她是谁?"罗密欧注视着她离开,感受到幸福的晕眩(xuàn)。

奶奶皱眉说道:"这还用问吗,先生?她就是朱丽叶,凯普莱特公爵的女儿!"说完她就匆匆离开了。

"朱丽叶?凯普莱特家的朱丽叶!"罗密欧的心一沉,"她是我的生命,可我的生命却属于我的仇人!"

罗密欧感到有人用力拉他的胳膊。"我们该走了!"班伏里奥小声说道。他看见罗密欧吻了朱丽叶,想带着他坠入爱河的朋友尽快离开,希望不要引起别人的注意。

在回家的路上,罗密欧趁班伏里奥和茂丘西奥没留神,偷偷溜走了。他回到凯普莱特家的房子,爬过花园的围墙,跳进月光笼罩的果园里。

此刻,朱丽叶走到了果园上方的阳台上。她从奶奶那里得知,舞会上英俊的陌生人不是别人,正是仇敌蒙太古家的儿子罗密欧,这让她心情沮(jǔ)丧。

"哦,罗密欧,我的爱人,你为什么是蒙太古家族的呢?"她轻声低语,不知道罗密欧就在阳台下面听着。

罗密欧从阴暗处走出来,低声说:"要是我的名字是你的仇敌,我宁愿放弃它。"

听到罗密欧的声音,朱丽叶既吃惊又害怕。她警告罗密欧这么做很危险,但罗密欧一点儿都不害怕。

"我宁愿现在死去,死在凯普莱特家的手里,也不愿意没有你的爱活着!"罗密欧向朱丽叶表白。他们窃窃私语,互诉衷肠,欢快地交谈,直到破晓的第一缕阳光出现。

罗密欧无法忍受夜晚的结束:"我真害怕醒来,害怕发现我们的爱情只是梦一场!"

朱丽叶说:"罗密欧,我对你的爱是真心的。要是你和我一样,我们就结婚吧,这样我们就永不分离。"

他们决定尽快秘密结婚,以防家人反对。于是,他们约定第二天在教堂见面。

第二天早上,朱丽叶在奶奶的陪同下来到教堂,在劳伦斯神父的见证下,和罗密欧结婚了。但是,在神父找到合适的方式告知他们的父母之前,这对爱人在一起还是不安全的。奶奶同意在果园里藏一个梯子,这样罗密欧可以趁天黑爬上朱丽叶的阳台。

从那天起,罗密欧成了维罗纳最幸福的人。他在广场寻找朋友班伏里奥和茂丘西奥,想把这个秘密告诉他们,没想到又遇见了提伯尔特。

"恶棍,我一直在找你!"提伯尔特对罗密欧大喊,"你竟敢跑到凯普莱特的家里!"

"我不是恶棍。"罗密欧轻松地反驳(bó)道,"我喜欢凯普莱特这个名字的理由多着呢!"

提伯尔特拔出宝剑准备决斗。

"随他的便,"茂丘西奥大叫,"还是让我来教训他吧!"

提伯尔特决心教训蒙太古家的人,于是,他冲向茂丘西奥,两人打了起来。

"快把剑放下,我的朋友!"罗密欧上前劝阻,"亲王警告过,不要在街上打斗!"罗密欧抓住茂丘西奥的胳膊,把他往后拉,意想不到的是,提伯尔特趁机一剑刺中了茂丘西奥。

"你们两个讨厌的家族。"茂丘西奥大叫,眼睁睁看着血从伤口流下来。班伏里奥把茂丘西奥抱在怀里,茂丘西奥却已经无力回天。

罗密欧拔出了宝剑:"提伯尔特,我们中的一个必须和他一起死!"他大喊着,愤怒地冲向提伯尔特。他一击致命,提伯尔特倒地身亡。意识到自己做了什么,罗密欧震惊地瞪大眼睛,宝剑跌(diē)落在地。

"跑,快逃跑!"班伏里奥催促说,"我会去解释一切。"罗密欧意识到自己行为的愚蠢,最后看了一眼垂死的朋友就逃走了。

街上的人迅速围拢过来,维罗纳亲王也赶来了。亲王知道了发生的一切,非常生气。班伏里奥向亲王解释,说罗密欧一直在劝架。亲王说:"我可以饶罗密欧一命,但他永生不能再踏进维罗纳城一步。"

此时,朱丽叶正兴奋地等待与罗密欧见面。她心神不宁,在房内走来走去,希望夜晚尽快到来。当奶妈回来时,朱丽叶乞(qǐ)求她说一些罗密欧的消息,但奶妈脸上的痛苦表情让她心慌。

"小姐,他逃走了!逃走了!"奶妈大声说,"他杀了你的堂兄提伯尔特,现在已经被赶出了维罗纳城!"

朱丽叶惊恐万分。难道是她错了吗?她错在相信了蒙太古家的人?一想到提伯尔特的火爆脾气,她猜想一定是他先挑衅(xìn)罗密欧。"我敢说要是我的堂兄没死,死去的就是我的丈夫了。"她悲痛地思索着,"我一定要见罗密欧。"

奶妈送信给罗密欧,他正躲在劳伦斯神父的修道院里。那天晚上,按照约定好的方式,罗密欧来到朱丽叶的房间。两人无暇(xiá)庆祝新婚之喜,而是互相安慰,因为罗密欧要永远离开维罗纳城。当清晨的百灵鸟开始啼(tí)叫的时候,罗密欧向朱丽叶许诺,他很快就会找到重逢的办法,然后他心情沉重地离开爱人去曼多亚。

过了一会儿,朱丽叶的母亲来到她的房间,发现她正在流泪。母亲说:"我有好消息告诉你,帕里斯伯爵对你倾慕已久,因此你的父亲同意让你嫁给他。"

朱丽叶吃惊地看着母亲,气喘吁吁(xū)地说道:"不,不可能!我不会嫁给帕里斯伯爵,一个我连面都没见过的男人!"但是她不能说出拒绝求婚的真实原因。

得知女儿拒绝求婚,凯普莱特公爵十分生气。他对女儿说:"被这样一位贵族爱慕,是你的荣幸!"他坚持婚礼就在这周举行,以免帕里斯伯爵反悔。绝望之下,朱丽叶只好去找劳伦斯神父寻求帮助。

劳伦斯神父设计了让朱丽叶和罗密欧重聚的计划,尽管这个计划既大胆又危险,但朱丽叶甘愿为爱付出生命的代价。

回家后,朱丽叶告诉父亲,说她愿意嫁给帕里斯伯爵。然后,就在婚礼的前一天晚上,她喝了一剂劳伦斯神父的药水,那可以让她昏睡不醒,就像死了一样。第二天早上,家人无法把她从床上唤醒,悲痛欲绝,于是朱丽叶的婚礼变成了她的葬礼,她被葬在凯普莱特的家族墓地中。

与此同时,劳伦斯神父捎信给罗密欧,告诉他一天后去墓地,到时候朱丽叶就会苏醒,他们就可以一起逃走。

然而，送信人在路上拜访了染上瘟疫（wēn yì）的家庭，被隔离了，没有人知道他没有按时将信送到。

罗密欧不知道神父的计划。那天早晨他带着微笑醒来。他幸福地叹了一口气，"我梦见朱丽叶发现我死了，但她甜蜜的吻又使我复生。"

不一会儿，罗密欧的仆人鲍尔萨泽从维罗纳急匆匆赶来，带来了朱丽叶死去的消息，罗密欧难以置信。他质问仆人，这痛苦的消息是真的吗？鲍尔萨泽悲伤地点点头。心碎的罗密欧向天空挥舞拳头，大喊道："星星啊，我诅咒你们！我不会接受这样的命运！"他立刻动身去维罗纳，途中还买了一瓶毒药，准备与爱人死后相聚。

当罗密欧赶到凯普莱特的家族墓地时，已是夜深时分。他心怀恐惧地走进墓地，泪水流过脸颊（jiá），慢慢接近棺材。当看见朱丽叶美丽的面庞苍白又毫无生命迹象时，他的心都要碎了。"原谅我吧，我的爱人。"他轻声说道，"我再也不会离开你了。"罗密欧从口袋里拿出毒药，全部喝掉，倒在了地上。

片刻后，朱丽叶身体颤动，她慢慢复苏，生命的光泽重回脸颊，她从长久的昏睡中醒了过来，并坐起来。借着昏暗的烛光，她看见罗密欧倒在石头台阶上，身旁还有一个毒药瓶，她立刻明白发生了什么。她把罗密欧抱在怀里，亲吻他的嘴唇，拼命想为自己找到一点残留的毒药，但没有一滴留下来。这时，她发现了罗密欧的匕首，便毫不犹豫地抓在手里，没有他，她一分钟都不想独活。

"哦，好匕首！"她大声说完后，就把匕首插进自己的胸膛。他们终于可以永远在一起了。

当发现两个人相拥死去后，他们的家人懊悔不已。凯普莱特和蒙太古两家终于结束了长期的争斗。罗密欧与朱丽叶的爱情悲剧，给维罗纳城带来了和平。

生存还是毁灭，

这是个问题。

剧中人物

霍拉旭

哈姆雷特最好的朋友

哈姆雷特

丹麦王子

奥菲莉亚

波洛涅斯的女儿

乔特鲁德

丹麦王后,哈姆雷特的母亲

幽灵

哈姆雷特的父亲,刚刚去世

雷欧提斯

波洛涅斯的儿子、奥菲利亚的哥哥

波洛涅斯

克劳狄斯王的御前大臣

克劳狄斯

丹麦国王,哈姆雷特的叔叔

哈姆雷特

那是一个繁星满天的寒夜。在丹麦一座城堡高高的城楼上，王子哈姆雷特和他的朋友霍拉旭正在等待一个幽灵的出现……

过去三天的夜晚，士兵们都看见了一个可怕的穿着铠（kǎi）甲的身影，悲伤地在城墙上踱（duó）步。此刻，哈姆雷特提心吊胆地等待，想知道那个幽灵是不是他死去的父亲。

刺骨的寒风让他颤抖，哈姆雷特困惑地回想父亲死后发生的怪事。一想到父亲睡在花园时被蛇咬死，他仍然震惊不已。更令人疑惑的是，他的母亲——乔特鲁德王后，还没过一个月就嫁给了他的叔叔克劳狄（dí）斯。"眼泪还未擦干，她就嫁人了。"哈姆雷特喃喃自语，对叔叔迅速迎娶母亲又取得王位的做法充满了怨恨。今晚，他或许就能再次见到深爱的父亲……

忽然，夜空微光闪闪，一个披着银色盔甲的幽灵出现了。它毫无声息地缓慢移动，一边靠近，一边召唤哈姆雷特。

哈姆雷特的心怦怦直跳。当幽灵摘下面具，他看到它确实是父亲，只不过它的脸庞如月光般苍白，充满了无限的忧伤。

"哈姆雷特，我的儿子，"幽灵严肃地说，"杀死我的不是毒蛇，而是你的叔叔克劳狄斯。他把毒药灌进我的耳朵，抢走了我的王后和王冠。"

哈姆雷特心里充满了怒火。他的怀疑是对的，叔叔果然背叛了他。

幽灵大声喊道："哈姆雷特，要是你还爱我，就为我报仇吧！"

"父亲，我一定会替您报仇的，"哈姆雷特许下诺言，"克劳狄斯必须为他做的事付出生命的代价！"

"再见,我的孩子!"幽灵说,"不要责怪你的母亲,上天自有公断。"长叹一声后,幽灵就像冬日的微风一样消失了。

哈姆雷特和霍拉旭决定不向任何人透露他们看到的事情,但哈姆雷特却被这个可怕的秘密深深困扰。要是他能得到奥菲莉亚的安慰就好了。奥菲莉亚是哈姆雷特从小爱恋的温柔女孩,直到他去上大学,两人才分开。可是自从他回来,奥菲莉亚就一直不见他。哈姆雷特不知道,是奥菲利亚的父亲波洛涅(niè)斯不让她出门见面,因为他担心出身的差别,王子并不是真心爱他的女儿。不过,在哈姆雷特看来,是奥菲莉亚已经不再爱他了。他感觉身边所有人都背叛了他,他现在不知道该相信谁。

日子一天天过去,哈姆雷特纠结到底应该做什么。他满心想的都是为父王报仇的承诺。他能够相信幽灵说的话吗?或许那是魔鬼在诱惑他犯罪?他要确证无疑后才付诸(zhū)行动。

哈姆雷特的思绪变得非常迷乱,吃不下也睡不好。他越来越疲惫不堪(kān),行为举止也越来越奇怪。他终日忧思,蓬头垢(gòu)面,还大声自言自语。大家都对他指指点点。

"他们都认为我疯了吧。"哈姆雷特想着,心里也有了一个好主意,"随他们去吧,没有人会怀疑一个疯子,这样我就可以搜集证据证明幽灵的话——是克劳狄斯杀死了我父亲。"

于是,哈姆雷特开始装疯卖傻。他一会儿胡言乱语,一会儿又痛苦悲伤。但不管他怎么暗中查访,都没有找到父亲被谋杀的证据。他心想:"我是勇敢地信守对幽灵的承诺,杀死自己的叔叔呢?还是什么事都不做,忍受那可恶的叛徒克劳狄斯,把他当作继父和国王呢?"

这样的困境深深折磨着哈姆雷特,让他开始怀疑,也许结束生命才是逃脱痛苦的唯一方法。

"生存,还是毁灭?"他质问自己,到底哪一个才是答案?

哈姆雷特的喜怒无常让国王和王后很担心。

王后说:"我觉得他的疯癫(diān)是父亲去世造成的。"然而大臣波洛涅斯不这么认为。

"王子一直对我的女儿奥菲莉亚爱慕有加,"他对国王和王后说,"我曾告诫(jiè)女儿远离王子,但她的拒绝让王子发疯了。"波洛涅斯决定安排王子与奥菲莉亚见面,这样国王可以暗中观察他们的言行。

第二天下午,哈姆雷特吃惊地发现奥菲莉亚在等他。她忧伤地说:"我来送还你给我的礼物。"

哈姆雷特凝视她美丽的面颊,但不再相信她。他心想:"奥菲莉亚的父亲是我狡诈的叔叔的亲信。"他把礼物推到一边,"我曾经说过爱你,但你当初不应该相信我。我根本没有爱过你。"

奥菲莉亚很迷惑,也心碎了,泪流不止。哈姆雷特继续说道:"不要想着结婚。那些结了婚的人,最后都会孤身一人!"

"哦,我是世界上最不幸的女人!"奥菲莉亚哭着跑出了房间。

克劳狄斯国王一直在旁边偷听。哈姆雷特的话让他满心狐疑。王子是真的疯了，还是已经猜出他的秘密？他决定把哈姆雷特送出国。他对波洛涅斯说："让王子坐船去英格兰，或许能让他恢复理智。"

"让王后先和王子单独谈谈吧，"波洛涅斯建议，"或许他可以向母亲敞开心扉（fēi）。今晚的宴会，我为您安排了戏剧表演。结束后，我会暗中留意他们的谈话并向您汇报。"克劳狄斯点头同意了。

那天傍晚，当演员准备演出时，哈姆雷特找到了霍拉旭。他劝说朋友也去观看晚上的演出："我给演员新的台词，改动了剧本，让他们模仿我父亲被谋杀的情节。"他解释说："你要在演出时，仔细观察克劳狄斯的一举一动。让我们看看幽灵说的话到底是不是真的。这部戏能让人看出国王的心思！"

晚上，演出开始后，克劳狄斯有些心不在焉。当演员表演到凶手把毒药倒进沉睡国王的耳朵时，克劳狄斯一下子跳起来。

"够了！都给我出去！"他愤怒地大叫，拂（fú）袖而去。所有大臣都跟着离开，对国王的行为迷惑不解。只有哈姆雷特和霍拉旭没有离开。

"你看清他作贼心虚的表情了吗？"哈姆雷特问。

"毫无疑问。"霍拉旭回答道。

不一会儿，哈姆雷特收到王后找他见面的消息。去王后房间的路上，哈姆雷特在叔叔的门前停下。

"我现在找到了证据,"他心想,"此刻就是为父亲报仇的良机!"不过,令哈姆雷特失望的是,他发现克劳狄斯正在跪地祈祷,叔叔显然是被戏剧吓坏了。哈姆雷特犹豫了。

"要是我现在杀死克劳狄斯,他就会在天堂得到宽恕。"他愤怒地想着,"我还是等下一次惩罚他恶行的机会吧!"

哈姆雷特悄悄地离开,朝王后的房间走去。虽然他向幽灵许诺,不会惩罚母亲,但他还是决心告诉母亲真相。"我可以用语言的利剑来刺她,"他对自己说,"但不用真刀真枪。"

乔特鲁德王后正在宫殿里等他。她说:"哈姆雷特,你冒犯了你的叔叔。"

"母亲,您背叛了我的父亲!"他立刻回答道。

乔特鲁德被哈姆雷特的疯狂眼神吓了一跳。

"你是来杀我的。"她大喊,"救命!快来人啊!"

"救命!快来人啊!"窗帘后有个声音也发出了同样的呼喊。哈姆雷特踉跄(liàng qiàng)着转过身,以为是叔叔溜进房间,偷听他们的谈话。

"惩罚杀父凶手的机会来了!"他一边想着,一边拔出宝剑刺向窗帘。他惊恐地发现,倒在他脚边死去的竟然是波洛涅斯!

波洛涅斯的死让克劳狄斯找到把哈姆雷特赶出丹麦的绝佳借口。"疯癫的王子对我们所有人都构成了威胁(xié)。"他对王后说,"为了我们的安全,也为了他自己的安全,我们必须把他送到英国去。"不过,克劳狄斯没有告诉王后,他下了密旨,命人在王子到达时将他处死。

哈姆雷特别无选择,只好服从国王的安排。不过,他的船没有到达英格兰,而是在航行数日后被海盗袭(xí)击。哈姆雷特给海盗一大笔酬(chóu)金,让他们送他上岸,不过他已经在离家很远的地方。

哈姆雷特经历漫长的旅途才回到城堡。当他终于抵(dǐ)达时,他看见克劳狄斯和王后正带领送葬的人群朝墓地走去。原来,他们是去埋葬奥菲莉亚。哈姆雷特的拒绝和父亲的死让奥菲莉亚悲痛万分,她在小河中溺(nì)水身亡。

奥菲莉亚的哥哥雷欧提斯站在墓旁,他性情暴躁,最近刚从法国旅行回来。他从国王口中得知,哈姆雷特要对他父亲和妹妹的死负责,于是当他看见哈姆雷特时,他愤怒地斥责哈姆雷特:"王子,你的灵魂被魔鬼夺走了!"

哈姆雷特只能呆呆地盯着撒满鲜花的棺材。他泪流满面地说道:"我爱奥菲莉亚。四万个兄弟的爱合起来,都抵不过我对她的爱。"

哈姆雷特的归来让克劳狄斯非常惊慌。他谋划了一个新的计策,想利用雷欧提斯除掉哈姆雷特。他为两个年轻人安排了一场击剑比赛,没有人知道他在雷欧提斯的剑上涂了毒药,以防万一,他还为哈姆雷特准备了一杯毒酒。

宫中的人都来观看比赛。霍拉旭十分担心哈姆雷特,但哈姆雷特毫不畏惧。他说:"霍拉旭,如果我今天就要死去,那么我已经做好了准备。"

比赛开始了。哈姆雷特技高一筹(chóu),很快就刺中对手得了一分,获得了国王的赞赏。国王要奖赏哈姆雷特那杯毒酒,但哈姆雷特没有喝。令国王恐惧的是,王后把酒喝了。国王知道没有办法救她,只能让比赛继续。哈姆雷特被雷欧提斯的长剑划伤,混战中,两人的武器都掉在地上,无意中互换了。捡起武器,哈姆雷特立刻用毒剑刺伤了雷欧提斯。

这时,王后支持不住了。"那酒……"她喘息着说,"我中毒了。"说完她就倒在地上死去了。

雷欧提斯也垂下了头:"哈姆雷特,我们都被毒剑刺中了。我们都活不长了。这都是国王干的!"

所有人都震惊地瞪着国王,他们大叫道:"你这个叛徒!"

克劳狄斯急忙奔向房门,哈姆雷特大喊,命人锁上门阻止他逃跑。哈姆雷特渐渐体力不支,不过他还是用毒剑刺中了国王,然后他抓住毒酒杯,强迫他邪恶的叔叔喝下去。他大叫道:"毒药,发挥你的力量吧!"

哈姆雷特完成了对父亲的幽灵许下的承诺,倒在了霍拉旭的怀里。

"好好睡吧,亲爱的王子!"霍拉旭轻声说。

"记得把我的故事告诉人们,我忠诚的朋友。"低声说完后,丹麦王子哈姆雷特离开了人世。

要是我们这辈影子,有拂了诸位的尊意,

就请你们这样思量,一切便可得到补偿;

这种种幻景的显现,不过是梦中的妄念。

剧中人物

赫米娅

拉山德

迫克
奥布朗仆人的朋友

奥布朗和提泰妮娅
精灵王国的仙王和仙后

波顿
一个织布工人

忒修斯

海丽娜

狄米特律斯

仲夏夜之梦

在美丽的希腊雅典城,忒(tè)修斯公爵很快要和亚马孙女王希波吕忒举行婚礼了。整个城市的人们都为婚礼忙碌,但不是每个人都开心。有着美丽蓝眼睛的赫(hè)米娅爱上了一位叫拉山德的年轻人,她的父亲却反对他们结婚,还坚持让她嫁给一位叫狄米特律斯的人,认为他才更合适。不管赫米娅怎么反对,她的父亲都拒绝改变主意。

黑发女郎海丽娜也很忧伤。在与赫米娅成为好朋友之前,她就深深爱上狄米特律斯,一心想嫁给他。但是,听到赫米娅的计划后,她开心起来。

赫米娅对海丽娜说:"我今晚要和拉山德在雅典城外的树林见面,然后私奔。我们走后,狄米特律斯很快就会忘了我,回到你身边。"

两个女孩互相祝福后道别。海丽娜的心跳得很快,她想道:"要是狄米特律斯先从我这里知道赫米娅的计划,他会非常感激的。"于是,她决定去告诉狄米特律斯这件事,并且表达自己的爱意。

夜幕降临后,拉山德和赫米娅溜出城,但他们不是那晚被月光笼罩的树林中唯一的情侣。闪着银光的树上有精灵王国。仙王奥布朗和仙后提泰妮娅正在吵架。提泰妮娅刚刚收养了一个男孩,她对继子的关注让她的丈夫非常嫉(jí)妒。

"把孩子给我。"奥布朗命令道,"他可以做我的仆人。"

提泰妮娅拍动闪亮的翅膀,回答道:"不行,奥布朗。我不会与他分开,哪怕你给我整个精灵王国也不行!"两个人一直吵,到最后,提泰妮娅不想继续讨论这件事了。她召唤仆人,找地方睡觉去了。

奥布朗对妻子的蔑(miè)视非常生气:"走就走!你怎么也走不出这片树林。王后,让我好好教训你。"

奥布朗找来一个名叫迫克的精灵,那个机灵鬼特别喜欢恶作剧。奥布朗命令道:"把那朵名叫'枉(wǎng)然之爱'的魔花拿给我。只要有一滴花露滴在王后的眼睛上,她就会爱上醒来后看见的第一个生物。"

一想到恶作剧,迫克就咧(liě)嘴笑起来。他朝仙王深鞠(jū)一躬后就迅速飞走了。

奥布朗一边等着迫克归来,一边想象王后醒来后会爱上什么生物,越想越觉得好笑。"是狮子,还是熊呢?"他好奇地想着,"不管是什么,只有她对我的爱超过她对那个漂亮男孩的爱,我才会收回魔法。"

这时,奥布朗听到附近有声音,就立刻隐身。原来是狄米特律斯到树林里寻找赫米娅。让他恼火的是,海丽娜一直追着他跑,跟在他后面。

"回家去吧,海丽娜!"狄米特律斯一边穿过灌木丛,一边厉声说道:"别跟着我,我一点儿也不在乎你。"可是海丽娜就是不肯离开。

"无论你多么铁石心肠,我就是爱你!"她步履蹒跚(pán shān)地跟在他的后面,信誓旦旦地说。

两人沿着小路快步向前走,不知道他们说的每一句话都被仙王听到了。

奥布朗很同情海丽娜。当迫克回来的时候,他把这对雅典的年轻情侣的事情告诉了精灵。"当他们停下休息的时候,你把花露滴到青年的眼睛上,这样他醒来就会爱上那个女孩。"说完,奥布朗带了些魔法花露,飞到提泰妮娅安眠的一望无际的玫瑰园。

他轻轻地把花露挤到王后的眼睛上,小声说:

"等你眼睛一睁开,

你就看见你的爱,

山猫、豹子、大狗熊,

野猪身上毛蓬蓬!"

他暗笑一声后就溜走了。

在不远处,赫米娅和拉山德在树林里游荡了好几个小时,完全迷路了。

"亲爱的,你累了吧。"拉山德说,"我们今晚就睡在这里吧。明天早晨找走出树林的路会更容易些。"

赫米娅同意了。她打了个哈欠,就躺在了一片芳香的花丛中。拉山德不想离开她的身边,但因为他们还没有结婚,他只好在不远处找了一块草地。两人很快就睡着了。

这时,迫克出现了,他心想:"这位一定是奥布朗让我找的从雅典来的年轻人。那位美丽的姑娘就是他醒来后应该爱上的人。"说时迟那时快,迫克把魔法花露滴到拉山德的眼睛上,然后就翩翩(piān)起舞飞走了。

不一会儿,狄米特律斯大步穿过树林走过来,身后还跟着海丽娜。

"等等我,狄米特律斯,"她祈求着,"我走不动了!"可是狄米特律斯不理她,继续向前走。

"我放弃了。"海丽娜悲伤地叹气,摘去裙子上的荆棘(jīng jí),看着狄米特律斯消失在树丛中,"他爱赫米娅漂亮的脸庞,为什么还要看到我?我就像黑熊一样丑。"

这时,她吃惊地发现拉山德躺在草地上。"真是奇怪。"她轻轻地推他,把他叫醒。

拉山德睁开中了魔法的眼睛,立刻就深深爱上了海丽娜。

"我的敌人狄米特律斯在哪里?"他问道,"我应该用剑杀了他!"

海丽娜吃了一惊,"你不必杀了狄米特律斯,赫米娅喜欢的是你,不是他。"

"赫米娅?"拉山德皱了皱眉说,"我很后悔和她在一起度过的无聊时光。海丽娜，我爱的是你。"他说着牵起海丽娜的手，温柔地吻了一下，"谁不愿意把一只黑乌鸦换成白鸽呢？"他叹了一声。

海丽娜以为他在嘲笑她。"我做了什么，你要这样嘲笑我？"她大声说道，"狄米特律斯讨厌我已经够糟糕了，现在你也来嘲弄我！"说完，她悲伤地哭着跑开了。拉山德紧紧追着她跑。

吵闹声惊醒了赫米娅，她呼唤拉山德，却吃惊地发现只有自己一个人。"拉山德为什么离开我？"她迷惑不解，由于不知道拉山德的去向，她只好四处寻找。

当四个年轻人在树林中互相寻找的时候，一群工匠聚集在草地上，要排练话剧。他们要在公爵的婚礼庆典上表演。

织工波顿非常有自信，什么角色都想尝试一下，但木匠昆斯负责安排角色。昆斯说："波顿，你先在黑莓树丛后面等等吧，一会儿才轮到你说话。"

追克听到他们的说话声，凑过来看看发生了什么。知道提泰妮娅就在附近睡觉，他找到了一个恶作剧的好机会。

追克蹑（niè）手蹑脚来到黑莓树丛，小声施了个魔法咒语。当轮到波顿讲话的时候，他走出树丛，不知道自己已经变成了驴头。朋友们都惊恐地盯着他。"树林里闹鬼了！"他们叫喊着，惊慌地跑开了。

波顿皱着毛茸茸的鼻子走来走去。"我知道他们在做什么。"他心里想，"他们想吓唬我，让我出洋相。哼，我要让你们看看——我才不害怕一个人待在漆黑的树林里呢。"说完，他唱起歌来。

波顿的歌声以大声的驴叫声结束——"嘿吼！"恰好吵醒了仙后。在魔法花露的作用下，她注视着波顿毛茸茸的脑袋和长长的毛耳朵，立刻深深爱上了他。

让波顿高兴的是，美丽的提泰妮娅把他带到她的花床。在那里，小精灵们不仅在他的脖子上戴上玫瑰花环，还奉上水果和蜂蜜。提泰妮娅轻抚着他的鼻子，在他的耳边轻声说着爱语。"终于有人欣赏我了！"波顿幸福地感叹。

追克急匆匆跑去禀报奥布朗。得知魔法奏效了，仙王很高兴。"你找到那个雅典的年轻人了吗？"仙王问道。

迫克点点头说："一切都顺利完成了。"

突然，他们听到了沙沙作响的声音。原来是狄米特律斯和赫米娅出现了。

"看吧，这就是那个年轻人。"奥布朗低声说道。

"可我没有给他的眼睛施魔法啊。"迫克嘟囔着。

赫米娅的眼睛已经哭红了。由于没找到拉山德，她认为一定是狄米特律斯心生妒忌杀了他。"不可能有其他的解释，"她愤怒地说，"你看见他睡觉，就杀死了他！"

"我爱你！你怎么能这样残忍地对我？"狄米特律斯解释说，"我不是凶手。我很肯定拉山德还活着。"

但是赫米娅坚信拉山德不会抛弃自己。"狄米特律斯，我恨你！"她呜咽着说，"不管拉山德是死是活，我都再也不想见到你了。"说完她就跑进了树林里。

狄米特律斯精疲力竭地坐在地上。"赫米娅的脾气太急躁了，跟着她也没用。"他想着想着就躺在草地上睡着了。

"我们必须把这一切恢复正常。"奥布朗对迫克说，"去把海丽娜找来，我要再用一次魔法。"

奥布朗把一滴花露滴到了狄米特律斯的眼睛上，但是迫克刚离开片刻，海丽娜就出现了。她看起来很不安，身后跟着拉山德。

拉山德仍在不停地向海丽娜表达爱意。"为什么你认为我在戏弄你？"他爱慕地盯着海丽娜。

"因为你发誓要娶赫米娅的。"海丽娜恼怒地说道。

他们的声音吵醒了狄米特律斯。让人吃惊的是，狄米特律斯一下跳起来，抓住海丽娜的手。"我的完美女神，我的爱人啊！"他感叹道，"你有水晶般清澈的眼睛、樱桃般的嘴唇、雪一样白的皮肤，有谁能和你相比呢？"

可怜的海丽娜简直不敢相信她的耳朵！她抽出手，说道："狄米特律斯，请不要这样卑鄙（bēi bǐ）。我到底做了什么，你们两个人要这么嘲笑我？"

拉山德对狄米特律斯说："大家都知道你爱赫米娅。好吧，现在她自由了。我只想与海丽娜白头偕（xié）老。"

"你还是与赫米娅在一起吧。"狄米特律斯轻蔑地回答，"她只是我爱情的客栈，海丽娜才是我永久的家。"

正在这时，赫米娅循（xún）着声音跑过来，找到拉山德。她问道："亲爱的，你为什么离开我？我一个人非常害怕。"

拉山德看都没看她一眼。"我要追随海丽娜，她的光芒胜过天上所有的星星，照亮了夜空。"

赫米娅吃惊地盯着他，"你说的不是真的吧？"她简直喘不过气来。

海丽娜用怀疑的眼光看着赫米娅，问道："是你怂恿（sǒng yǒng）狄米特律斯和拉山德取笑我的吗？他们为了讨好你，能做出任何事。亏我把你当朋友呢。"

赫米娅懊恼地挥了挥拳头，喊道："你不是我的朋友，海丽娜！你在夜里突然出现，偷走了拉山德的心！"她看起来非常愤怒，海丽娜害怕会被她挖掉眼睛。

一阵指责和争吵之后，狄米特律斯和拉山德气冲冲地离开，准备找地方决斗；海丽娜害怕和赫米娅待在一起，跑进了夜色中。

这吵闹和悲伤的场景让迫克乐得咯咯笑，但奥布朗不觉得有趣。"这都是你的错。"他对迫克严厉地说，"你必须让一切恢复正常。"

迫克耸（sǒng）了耸肩，他飞到空中，用一片乌云遮住了月亮和星星。然后，他引导四个年轻人在树林里乱跑，直到他们全都疲倦地睡着。他用仙草消除了拉山德眼睛上的魔法，这样当他醒来时，他就会再次爱上赫米娅。

清晨，忒修斯公爵和赫米娅的父亲一起骑马来到树林。他们惊奇地发现赫米娅和海丽娜坐在花丛中，情敌拉山德和狄米特律斯也坐在一起。他们四个人都露出幸福的笑容，对神奇的梦境感到不可思议。

"某种奇妙的力量使我对赫米娅的感觉消失了。"狄米特律斯说，"就让她嫁给拉山德吧，因为我爱的是海丽娜。"海丽娜也忘掉所有疑虑，投入狄米特律斯的怀抱。看到这样和谐的场景，赫米娅的父亲终于同意女儿嫁给拉山德了，忒修斯公爵对所有人表示祝贺。

公爵说："雅典城今天将会有三场婚礼了。我邀请你们所有人参加我的婚礼庆典。"

又过了一会儿，当情侣们兴奋地回雅典城准备婚礼时，波顿才醒过来。"我做的梦真奇怪啊。"他挠着耳朵说，"哦，我不会告诉任何人，让他们有机会嘲笑我。"他摘掉头上的玫瑰花瓣，回家去了。

仲夏的婚礼让雅典城的人们都感到欢喜。当波顿和朋友们表演戏剧的时候，没有人比公爵笑得更开心了。

奥布朗解除了提泰妮娅眼睛上的魔法，他们忘记了争吵，重归于好。他们还给两对新人施了祝福的魔法。这样，即使是喜欢恶作剧的迫克，也不会阻止他们从此以后幸福地生活在一起了。

不要害怕,这岛上已满是声音,
悦耳的乐曲使人愉快,不会伤害人。

剧中人物

阿隆索

那不勒斯国王

米兰达

普洛斯彼罗的女儿

普洛斯彼罗

前米兰公爵

卡列班

普洛斯彼罗的仆人

费迪南德

阿隆索的儿子

爱丽儿

岛上的精灵

公爵的侍臣

醉酒的管家

暴风雨

在一片荒凉海滩上,巫师普洛斯彼罗顶着寒风站在沙丘旁,他远远看见一艘帆船向岸边驶来。

"命运终于给了我纠正错误的机会。"他心里想,"我在小岛上的苦难即将结束。"他走到海边,施展魔法呼唤暴风雨的到来。在他的控制下,乌云遮住天空,电闪雷鸣,大海像睡醒的怪兽一样咆哮不已。汹涌的巨浪推着那艘船冲向海岸的岩石。

船上的那不勒斯国王阿隆索和他的儿子费迪南德都被吓呆了。他们大喊:"发生了什么?"

"如果我们待在船上,会被礁石撞成碎片的,"国王的同伴、米兰公爵安东尼奥高喊着。因为害怕丢掉性命,几个贵族跳进了翻腾的大海。

普洛斯彼罗的女儿米兰达,跑到父亲的身边,恳求说:"父亲,请不要这样使用您的魔法。船要是沉了,那些人都会没命的。"

普洛斯彼罗收起魔法,顷刻间,暴风雨滚滚而去,大海再次恢复平静,但那艘船却不见了踪影。"别担心,"他对米兰达说,"没有人会受到伤害。我做这些都是为了你。"

父亲的话让米兰达很困惑。

他牵起女儿的手,轻声说道:"是时候告诉你一些事情了,关于我们是谁,以及我们是如何来到小岛的。"米兰达与父亲一起坐在沙滩上,她急切地想知道一切。

普洛斯彼罗告诉女儿,他曾是米兰的公爵。"很久很久之前,我们生活在一座美丽的宫殿里,那里还有一座气派的图书馆。我喜欢在那里阅读古代的魔法书。当我醉心魔法研究时,我让我的弟弟安东尼奥管理

国家事务,我非常信任他。可安东尼奥贪恋权力,渐渐变得野心勃勃。你三岁那年,他与我的仇人——那不勒斯国王阿隆索密谋合作,派兵囚(qiú)禁了我们,夺走了我的王位。"

米兰达听得目瞪口呆。

"安东尼奥担心米兰人民知道真相后会反对他,"普洛斯彼罗接着说,"于是就用船把我们运走。一到海上,我们就被残忍地遗弃到一艘没有桨的小船上。幸运的是,我们漂流到了这座小岛。从那以后,我就一心照顾你。"

听到这里,米兰达对父亲满是同情。她问道:"您为什么要唤来暴风雨呢?"

"阿隆索和我的弟弟就在那艘船上,"普洛斯彼罗解释说,"我可以用魔法来改变我们的命运,现在没有更多时间回答问题了。"说完他用一只手遮住米兰达的眼睛,施魔法让她睡着了。

普洛斯彼罗再次拿起了魔杖。"爱丽儿,我可爱的精灵!"他呼唤着。不一会儿工夫,他就被闪动的光亮围住了。一个笑脸盈盈(yíng)的小男孩扑打着闪亮的翅膀出现在他的面前。普洛斯彼罗是这样认识爱丽儿的:他漂流到岛上,恰好发现了爱丽儿被关在空心树里,因为女巫西考拉克斯去世了,就把爱丽儿丢在那儿。爱丽儿感激普洛斯彼罗救了他,心甘情愿地满足普洛斯彼罗的一切要求。

"万福啊!我的主人!"爱丽儿大声说着,在空中翻了个筋斗,"我是来听命于您的,愿为您赴汤蹈(dǎo)火,上天入地!"

普洛斯彼罗笑着问:"你按我的命令照管那艘船了吗?"

"船已经安全地藏在海湾,船员们都在甲板下面睡着了。"爱丽儿回答道,"我保证那些跳船的人都已上岸并安然无恙(yàng)。"

普洛斯彼罗听了很高兴,吩咐道:"那么,把阿隆索的儿子费迪南德给我带来。"爱丽儿鞠了一躬,又转了一圈,就消失了。

普洛斯彼罗回到他住的山洞,那儿靠近山崖的山脚。洞里不时回响着"咕噜呼噜"的声音。卡利班慢吞吞地从昏暗中走出来。他浑身长满鳞(lín)片,一半像人一半像兽,丑陋(lòu)极了。他是西考拉克斯的儿子,女巫死后,只留下他孤零零地生活在岛上。虽然他现在服侍(shì)普洛斯彼罗,但内心充满仇恨。看到讨厌的主人,他阴沉着脸,小声咒(zhòu)骂着。

"我听见你那些恶毒的话了,卡利班。"普洛斯彼罗说,"因此,你今晚要受到惩罚,你会疼痛不止,如坐针毡(zhān)!"

"你为什么这样对我?"卡利班抱怨说,"这座小岛原本是我的,你把它从我手里抢走了。你刚来时对我很好,我还帮你找过食物和水源。你现在却把我当成奴隶,还折磨我。"卡利班爬上大石头,用手指着普洛斯彼罗,大喊道:"愿癞(lài)蛤蟆、臭虫和蝙蝠都降临到你头上!"

"你就是一个恶棍!"普洛斯彼罗愤怒地说,"我在自己的山洞里给你一个家,教你学说话,可你却恩将仇报,想夺走米兰达。"他刚一举起手,卡利班就被吓得一哆嗦。"快滚开,去捡柴火吧!否则我会让你浑身的骨头疼痛不止,让你的惨叫声吓跑野兽。"

卡利班害怕普洛斯彼罗的强大魔法,灰溜溜地跑进树林去捡柴火了。走了一会儿,他听到附近有声音,便匍匐(pú fú)着向前靠近。原来,阿隆索的侍臣和管家也从船上跳下来,被冲到小岛上。他们兴奋地发现了一桶美酒。

卡利班发现了报复普洛斯彼罗的好机会。他向他们打招呼,而他们喝醉了,也不害怕他。"哦,伟大的神灵啊!"卡列班一边大喊,一边冲他们鞠躬,"求求你们救救我吧。我是邪恶主人的奴隶,要是你们能把他除掉,这个小岛就是你们的了,我就会服侍你们。"

侍臣用胳膊推了一下管家,两人咯咯笑起来。他们心想,看来这次冒险还不赖。

卡利班狡猾地说:"我可以带你们去我的主人每天下午睡觉的地方。"他挥了挥手中的大棒,又咧了咧嘴:"剩下的事情就简单了。"

酒精的作用让两个人的胆子大起来。他们同意跟在卡利班的后面。"带路吧,怪物。"管家大声说,"我们会按照你说的做。要是我当了岛上的国王,你们两个就是亲王!"

他们没有注意到头顶上方的闪闪亮光。他们说的每一句话都被树梢上的爱丽儿偷听到了。

爱丽儿飞去找费迪南德。他发现费迪南德正在一片小树林中,双手抱着头,他以为自己的父亲淹死了,因此悲痛万分。爱丽儿隐身,唱起歌来。

费迪南德抬起了头。"这不就是我游泳求生时一路追寻的声音吗?"他自言自语地说着,"那神奇的光也正是指引我到安全之处的亮光啊。"他站起身,像做梦一样跟着爱丽儿走出了树林。

看见费迪南德走过来,普洛斯彼罗赶紧叫醒了米兰达。米兰达惊奇地望着这位英俊的王子。

"他是精灵吗?"除了父亲,米兰达没见过其他男人。

"不是,他和我们一样吃饭又睡觉。"普洛斯彼罗告诉女儿,"他是坐船来的,现在正在寻找失踪的伙伴。"

爱丽儿的歌唱完了,费迪南德也从迷梦中醒来,看到了米兰达美丽的脸庞。

"我应该想到,这样的天籁(lài)之音是唱给一位女神的。"他叹息着,瞪大眼睛呆呆地看着米兰达。

米兰达的脸羞红了,她害羞地说:"我才不是女神。"

两人的一见钟情被普洛斯彼罗看在眼里。他心中窃喜:"他们都互相看上了对方。我的计划很顺利。"

这时,爱丽儿也把卡利班的阴谋告诉了主人。

"我们必须想办法阻止他。"普洛斯彼罗说,"为了让一切恢复正常,还有很多要做的事。"

在小岛的另一侧,阿隆索和安东尼奥正在寻找费迪南德,已经走了几个小时。阿隆索担心儿子已经被淹死了。"他可能已经被稀奇古怪的鱼吃掉了。"他伤心地叹了口气。就在他们疲倦不堪、逐渐丧失希望时,他们来到一片林间空地,吃惊地发现面前有一张餐桌,上面竟然神奇地摆着丰盛的食物。

"这是个奇怪的、有魔法的地方。"阿隆索警惕地说,"要是那桌酒席是真的,我敢说独角兽也是真的!"两个饥肠辘辘的人害怕得直往后退,但食物的诱人香气又让他们难以抗拒。他们情不自禁地来到餐桌前,可刚一摸到菜盘,就被一道光刺得眼花缭(liáo)乱。

爱丽儿扮成长着人头的巨型猛禽,凶恶地在餐桌上方盘旋着。阿隆索和安东尼奥赶紧闪开,才躲过爱丽儿锋利的爪子。

"你为什么要来折磨我们?"他们问道。

爱丽儿犀(xī)利地盯着他们,高声说道:"你们拿走了属于普洛斯彼罗公爵的一切,还让他和女儿在海上自生自灭。阿隆索,现在命运夺走了你的儿子,也把你们俩带到这个荒凉的小岛上接受惩罚。"

阿隆索和安东尼奥终于认识到了自己种下的苦果。安东尼奥说:"我真不该背叛哥哥的信任啊!"

"我们竟然把普洛斯彼罗和米兰达送走,眼看着他们去死。"阿隆索悔恨地说。他们俩都为自己的行为感到羞愧(kuì)。

爱丽儿突然张开翅膀,佯(yáng)装朝他们俯冲过去,但一声巨响后,他和桌子都消失了。

原来,他隐身飞去找卡利班。此时,卡利班正带领新朋友穿过树林,奔向普洛斯彼罗的山洞。"这个任务真是越来越有趣了。"爱丽儿心想。他叫来了岛上的黑暗精灵。他们都化作身形高大的红眼猎狗,从黑暗中跳出来。

看到这些吓人的猎狗,卡利班和他醉醺醺(xūn)的朋友先是惊恐地停在小路上,然后赶紧转身,疯狂逃命。布满荆棘的灌木丛中传来了他们凄惨的叫声。

普洛斯彼罗走到爱丽儿的身边。"可爱的爱丽儿,你对我很忠诚。"他说道,"现在我的敌人都被制服了。"

"阿隆索和安东尼奥对他们的所作所为充满悔意。"爱丽儿说。

"这正是我希望的。"普洛斯彼罗说,"把他们带过来吧。虽然我有充足的理由复仇,但宽恕是更好的选择。"

普洛斯彼罗回到海滩上。他用魔杖在沙子上画了一个圆圈。从树林中走出来的阿隆索和安东尼奥一下就踏了进去。一开始,两人没有认出普洛斯彼罗,当巫师脱下魔法斗篷,他们才吃惊地认出这位老公爵。他们以为他早就死在海里了。两人双膝跪地,祈求公爵原谅他们的背叛。看到他们真心悔过,普洛斯彼罗原谅了他们。

"您的国家和头衔都会还给您。"阿隆索许诺说,"不幸的是,我再也找不到我暴风雨中失踪的儿子了。"

普洛斯彼罗点头沉思,说道:"我的女儿也在暴风雨中失踪了。"

阿隆索黯（àn）然落泪，为他们深深地惋惜。"我宁愿葬身海底，用自己的生命来换取我的儿子。要是我们的孩子们都活着，他们能当那不勒斯的国王与王后，那该多好啊！"

"我们还是休息一会儿吧。"说完，普洛斯彼罗走在前面带路。

阿隆索来到山洞，让他大吃一惊的是，费迪南德和米兰达也在这里，他们不仅活着，还成了相爱的恋人。阿隆索和费迪南德为重逢欣喜不已，普洛斯彼罗收起魔杖，世界终于再一次回到正轨（guǐ）。

一阵光芒在阳光下跳跃闪动。"爱丽儿，我淘气的小精灵！"普洛斯彼罗充满谢意地招呼他，"我的敌人现在变成了我的朋友，我们的孩子喜结连理，将会共同建设美好的世界。快去召集幸存者，唤醒船员，把船开过来吧！当船起航时，你就永远自由了，不用再服侍我了。"

到了所有人离开精灵魔法世界，起航回家的时候了。

只有卡利班留了下来，他再次成为这座小岛的主人。

假如音乐是爱情的食粮,

那么奏下去吧。

剧中人物

薇奥拉/西萨里奥

塞巴斯蒂安的妹妹,伪装成奥西诺公爵的男仆

塞巴斯蒂安

薇奥拉的双胞胎哥哥,在海难中失踪

奥丽维娅

守丧的伯爵小姐

托比·贝尔奇爵士

奥丽维娅的叔叔,一位快乐的老人

奥西诺

伊利里亚公爵,爱上了奥丽维娅

玛丽娅

奥丽维娅的女仆

马伏里奥

奥丽维娅的管家

安德鲁爵士

托比爵士的朋友

第十二夜

奥西诺公爵生活在伊利里亚岩石交错的海滨。他每天都会呆呆地看着晶莹的蓝色大海，因为爱慕美丽的伯爵小姐奥丽维娅而叹息。奥西诺非常想娶她，但是奥丽维娅的哥哥刚刚去世，她发誓要为他守丧七年。她不愿见公爵，甚至不看他写的求爱信。

奥西诺是不会轻易退缩的。尽管他的感情没有被对方接受，但他仍然喜欢单相思的感觉。爱给了他浪漫的梦想和诗歌的灵感。"假如音乐是爱情的食粮，那么奏下去吧。"他对乐师们说。无论悲伤或快乐，奥西诺就是喜欢深陷爱河的感觉。

"奥丽维娅深爱她的哥哥。"一天，公爵对新来的男仆西萨里奥说，"如果我娶了她，她也会那样爱我的。"

看着公爵英俊的脸庞，西萨里奥默默点了点头。

公爵不知道，他不是唯一单相思的人。西萨里奥其实是女扮男装，她叫薇奥拉，来到公爵府后，她爱上了公爵。三个月前，薇奥拉与双胞胎哥哥塞巴斯蒂安出海航行，船只在暴风雨中沉没。薇奥拉抓住断裂的桅（wéi）杆，被冲到公爵府旁的岸上，不幸的是，她的哥哥一直没有被找到，只怕已经淹死了。不过，薇奥拉不是那种遇到不幸就久久不能释（shì）怀、只会哭泣的女孩。在船的残骸（hái）中，她找到了一箱衣服。她觉得要是装扮成男人，一个人生存可能会更容易些。女扮男装不仅隐瞒了她的身份，也隐藏了她对奥西诺公爵的爱恋。

公爵对新来的仆人很满意，很快就把她当成了心腹。"西萨里奥，你的脸很秀气，声音也很温柔。"一天，公爵对她说，"我想奥丽维娅是不会把你拒之门外的。你去她的家里，告诉她，我非常渴望她能成为我的妻子。她要是不让你说这些话，你就不要离开。"

薇奥拉的心一沉。"这到底是什么任务啊！"走在悬崖旁的小路上，她叹了一口气，自言自语道："我一定要为我爱的人找到妻子!"

在奥丽维娅的家门口,薇奥拉遇见了管家马伏里奥。

"你在浪费时间,"听到薇奥拉的请求,马伏里奥说,"我的女主人是不会接受任何年轻人的。"

"要是不能和她说话,我就不走。"薇奥拉固执地说。马伏里奥只好恼火地禀报。伯爵小姐对来客很好奇,她本就无事可做,就同意见他了。

一见到她,薇奥拉就不停赞美:"您的美真是高雅精致、光彩照人、无与伦比啊。我的主人仰慕您。他饱含汹涌的爱和炽(chì)热的叹息。"

看到眼前这位激情洋溢的小伙子,奥丽维娅不禁脸红了。薇奥拉的一番溢美之词,竟让她忘记了拒绝求爱的事。不过,搅(jiǎo)动她心扉的不是奥西诺公爵,而是送信的仆人!

"虽然公爵是位优秀的贵族,可我是不会爱上他的。"奥丽维娅对薇奥拉说,"西萨里奥,把我的回复带给你的主人吧。但你也要立即回来告诉我,他听到后是什么反应。"

薇奥拉知道公爵会很失望。"我尽力了,"她心想,"但愿我能取代奥丽维娅在公爵心中的位置。"

薇奥拉刚要离开,就被马伏里奥叫住了。他交给薇奥拉一枚金戒指:"这是你转交给我主人的。我的主人把它送给你。"说完,他不悦地皱皱眉,转身关上了房门。

薇奥拉很困惑。"我没有转送给她戒指啊,为什么她会送给我呢?"她震惊地意识到,这一定是爱情信物。"天哪,伯爵小姐还不如爱上一场梦呢。"她叹气道,"真没想到女扮男装会惹(rě)来这样的麻烦。奥丽维娅爱上了我,我爱公爵,可他的眼里只有奥丽维娅。这真是个解不开的结啊!"

虽然奥丽维娅发誓要守丧七年,但她的家里并不平静。她的家里还住着叔叔托比·贝尔奇爵士,一位喜欢吃喝玩乐的快活老人。托比爵士经常和富有的、冒着傻气的安德鲁爵士一起玩乐,甚至希望他有一天能娶奥丽维娅。

那天晚上,托比爵士和安德鲁爵士的大笑声太吵了,惊动了马伏里奥。他穿着睡衣走了过来。"你们快把这里变成酒吧了!"他抱怨着,"要是你们不改掉这个坏习惯,我的女主人会把你们都赶走!"

马伏里奥离开后,托比爵士和安德鲁爵士决定找找乐子,报复他一下。奥丽维娅的女仆玛丽娅,主动愿意帮忙。

"马伏里奥自以为才华横溢,大家都崇拜他。"玛丽娅说,"这也正是他的弱点。我明天就模仿奥丽维娅的笔迹给他写一封信,让马伏里奥以为她爱上了他。你们就在一旁藏好,等着看他出丑吧。"

"太好了!"两位爵士哈哈笑起来。

第二天,当马伏里奥走到花园里,幻想自己成为一位优秀的伯爵的时候,忽然在小路上发现了一封信,上面的字迹很像奥丽维娅的。他没有注意到托比爵士、安德鲁爵士和玛丽娅正在灌木丛后面偷看。

他打开信,读了起来:"献给心底的爱人。虽然我的地位高于你,但请不要害怕。有些人的地位是生来就有的,有些人的地位是努力取得的,而有些人的地位是被人强加的。请忘记你地位的卑微,平等地和我相处。如果你爱我,就向我微笑,并穿上那双我喜欢的黄色长筒袜吧。"

马伏里奥痴痴地看着这封信。"我要赞美群星。奥丽维娅小姐竟然爱上了我!"他兴奋地喊道,"她说什么,我都会照做。"他急匆匆地去找黄色长筒袜了。

托比爵士和安德鲁爵士笑得前仰后合。

"奥丽维娅小姐才不喜欢黄色长筒袜呢。"玛丽娅咯咯笑着说,"她也不会喜欢马伏里奥的奇怪微笑。自从奥西诺公爵的仆人来过这里,她就没有开心过。"

"看!那送信的仆人又来了!"托比爵士说,"我们躲起来,看看他这次又送来了什么消息。"

薇奥拉心情沉重地走上小路,看见奥丽维娅已经出来迎接她了。正如薇奥拉预料的那样,奥西诺公爵不愿意接受被拒绝,又让她给奥丽维娅送来一枚钻石胸针。

"我希望公爵去掉杂念,不要总是想着我了。"奥丽维娅牵住薇奥拉的手,叹了口气,"西萨里奥,你没有戴我送给你的戒指吗?你才是我爱的人。"

听到这些话,托比爵士和安德鲁爵士吃了一惊。他们赶紧溜回了自己的房间。

"伯爵小姐对这位仆人的爱胜过了对我的爱!"安德鲁爵士惊呼。

"不是的,不是的,"托比爵士发现了一个捉弄人的机会,"奥丽维娅一定是发现了我们在偷听,她是想鼓动

你为她而战！为了给她留下深刻印象，你必须去找那个年轻仆人决斗！"安德鲁爵士妒火中烧，转身就去拿自己的宝剑。

托比公爵咧嘴笑，心想："这个傻瓜对决斗一无所知，那个仆人也弱如绵羊。他们怎么打都伤不了对方。当他们筋疲力尽时，就有好戏看了！"

与此同时，薇奥拉不想欺骗陷入爱恋中的奥丽维娅，但是她又不能说出真相。"伯爵小姐，我不是你想象的那样。"她轻声说，"没有哪个女人会在我的心中驻（zhù）留。"说完她抽出手，匆忙离开了花园。

奥丽维娅悲伤地坐在花园里。"我要怎么做，才能让西萨里奥改变想法呢？"她的思绪被匆匆跑来的玛丽娅打断了。玛丽娅看起来愁容满面。

"小姐，我是来警告您，要小心马伏里奥。"玛丽娅说，"他的举止太奇怪了。"

这时，马伏里奥穿着黄色长筒袜，昂首阔步地走来，脸上还带着古怪的笑容。

"马伏里奥，你为什么要那样笑？"奥丽维娅问道。

"为了让我的爱人开心啊！"马伏里奥笑得合不拢嘴。他摘下一朵玫瑰送给奥丽维娅："看看，花的颜色和我袜子的颜色很搭配吧，这可是我的爱人喜欢的颜色哦。"说完，他还给奥丽维娅一个飞吻，吓了她一跳。

"你怎敢对主人如此无礼！"玛丽娅说，忍住不笑出声来。

"我们中的某个人很快就会得到强加的伟大地位哦。"他一边煞（shà）有介事地说着，一边穿着黄色长筒袜，昂首阔步在她们面前走着，看起来像小丑似的。

奥丽维娅困惑地瞪大了眼睛。"玛丽娅，我相信马伏里奥彻底疯了。"她说，"把他带走，找医生让他卧床治病一周吧！"

当马伏里奥演着奇怪的闹剧时，薇奥拉离开了奥丽维娅的家，还以为自己终于脱身了。但是被托比爵士怂恿的安德鲁爵士，正在街上等着她。

"无赖，我找你来决斗！"安德鲁爵士大叫，抽出了宝剑。

薇奥拉很害怕，结结巴巴地说："我没有做错事。请让我过去。"

这时，一个长相粗鲁的水手走过来。"要是你和这位绅士有矛盾，你就冲我来吧！"他朝安德鲁爵士咆哮，开始撸（lū）袖子。

安德鲁爵士浑身颤抖，赶紧收起宝剑，嘟囔着"弄错了"之类的话跑开了。托比爵士快速跟在他的后面。

薇奥拉长舒了一口气。"我该怎么感谢你的帮助呢？"

"谢我？"水手惊讶地说，"我的朋友，我们一直互相帮忙啊。"

这时，一个法官走过来。"你在奥西诺公爵的船上偷东西，我要逮捕你。"他高声宣布。

水手焦急地看了看薇奥拉，说道："要是你把钱包还给我，我就可以把事情摆平。"

"可我没拿你的钱包啊！"薇奥拉回答，想结束这种糊涂的局面。

"别耍把戏了！"水手向她请求，又转身对法官说："我把这人从水里救出来，现在他却假装没拿我借给他的钱包！"

法官耸了耸肩，然后绑住了水手的双手。被带走的那一刻，水手回过头来大喊了一句："塞巴斯蒂安，你太无耻了！"

"塞巴斯蒂安？"薇奥拉的心快要跳出来了。她简直不敢相信自己的耳朵。这个人是把她误认成她的双胞胎哥哥吗？要是这样，塞巴斯蒂安一定还活着。可他在哪里呢？

当这件事发生时，塞巴斯蒂安离得并不远。薇奥拉离开奥丽维娅家后不久，塞巴斯蒂安从那儿经过，恰巧被窗前的奥丽维娅看到。奥丽维娅以为是西萨里奥回心转意了，就跑出来迎接他。

"我知道你会回来的！"她张开双臂抱住了塞巴斯蒂安。

塞巴斯蒂安迷惑不解，但又无法抗拒美女的诱惑。"我要么是疯了，要么是在做梦。"他心里自嘲道，"既然如此，那就让梦继续吧！"奥丽维娅决意不让自己的爱人离开，让塞巴斯蒂安进门，而他也十分情愿跟从。

第二天，奥西诺公爵亲自来拜访奥丽维娅，身边跟着薇奥拉。奥丽维娅困惑地盯着薇奥拉。

"伯爵小姐，天神降临人世了！"公爵鞠了一躬。

"您怎么能在我丈夫面前说这样奇怪的话？"奥丽维娅说。

"丈夫？"公爵不禁一惊。

"没错，西萨里奥，告诉公爵吧。"奥丽维娅说，"我们今天早晨已经结婚了。你为什么又回到公爵身边？奥西诺已经不是你的主人了。"

"不，他是我的主人。"薇奥拉说，"我对主人的爱胜过爱我的生命，也胜过对妻子的爱。"

正在大家都迷惑不解之时，塞巴斯蒂安突然走进来，面带微笑，手上还戴着奥丽维娅的结婚戒指。

塞巴斯蒂安和薇奥拉吃惊地看着彼此。"我没有兄弟，"塞巴斯蒂安说，"但我们肯定是一家人。"

薇奥拉大笑。她摘下帽子，露出红色的披肩长发，和哥哥的胡须是一样的颜色。

没有什么比家人重聚更幸福的事，他们有太多的话要说。当每个人的故事都反复说了好几遍，真相大白后，公爵很有风度地为新人送上了祝福，而奥丽维娅也为薇奥拉准备好了参加婚礼的礼服。

那天晚上，奥丽维娅的家里充满了音乐和欢笑。托比爵士和安德鲁爵士都吃得很尽兴；因为出洋相而依然脸红的马伏里奥，一直让蜡烛亮到很晚。

奥西诺公爵看到自己的仆人变成了一位美丽的姑娘，眼里满是爱意。"薇奥拉，你真的爱我胜过爱自己的生命吗？"他问道。薇奥拉不用回答，她闪亮的眼睛已经说出了她隐藏许久的爱意。

奥西诺公爵笑着向薇奥拉伸出手，说道："要是音乐是爱的食粮，那么就让乐师奏下去吧！"

主帅啊,当心你会嫉妒:

那可是一个绿眼的妖魔,

它惯于耍弄爪下的猎物。

剧中人物

奥赛罗

威尼斯的将军

苔丝狄蒙娜

贵族妇女,奥赛罗的妻子

伊阿古

奥赛罗最信任的属下

卡西奥

奥赛罗的副将,苔丝狄蒙娜的朋友

罗德里戈

年轻士兵,爱上苔丝狄蒙娜

奥赛罗

奥赛罗是个不同寻常的人。那时候,一个摩尔人在威尼斯取得高位,是很少见的,但奥赛罗凭借勇气、忠诚和优秀的决断力,被提拔为将军,受到威尼斯公爵的尊重。他作战时的旅行和冒险故事,还俘(fú)获了一位贵族女子苔丝狄蒙娜的芳心。她爱奥赛罗的临危不惧,而奥赛罗爱她的温柔和体贴。不过,苔丝狄蒙娜知道她的父亲绝不会允许她嫁给一个异族人。于是,她和奥赛罗偷偷地结了婚。

当苔丝狄蒙娜的父亲知道他们的婚事时,他非常生气,和女儿彻底断绝了关系。"看好她吧,"她父亲警告奥赛罗,"要是她能欺骗父亲,有一天也会欺骗你!"

奥赛罗对他的话不屑一顾。他坚持说:"苔丝狄蒙娜的心是纯洁的,我用生命信任她的忠诚。"

婚后不久,奥赛罗就与妻子一起乘船离开威尼斯,到塞浦(pǔ)路斯的一座小岛去当总督了。

与奥赛罗一同前往的,还有他最信任的属下伊阿古和一位年轻士兵罗德里戈(gē)。罗德里戈一直暗恋苔丝狄蒙娜,她的婚姻让他感到深深的绝望。

"活着对我是种折磨。"在去往塞浦路斯的船上,他向伊阿古抱怨,"我还不如淹死。"

"别灰心丧气,"伊阿古说,"苔丝狄蒙娜很快就会对奥赛罗异族人的模样失去兴趣。她很快就会想找个像你一样的威尼斯人。相信我,当她改变主意的时候,我会帮你得到她。"

"你为什么要帮我?"罗德里戈问。

伊阿古阴沉着脸说道:"我恨奥赛罗。我们不应该听命于一个摩尔人!他提拔(bá)了卡西奥做副官,却没提拔我。要是能帮你得到他的妻子,我也算报仇了。"

当伊阿古独自一个人待在船舱中时,他开始密谋对付奥赛罗的计划。他心想:"也许可以找到一个方法,既能惩罚奥赛罗,又能除掉卡西奥。卡西奥和苔丝狄蒙娜是好朋友。要是我能诱骗奥赛罗相信他们两个人有私情,那么怀疑和嫉妒就会帮了我的大忙。"想到这里,伊阿古邪恶地笑了,"奥赛罗愚蠢地相信所有人都像表面上那样忠诚,他会像一头蠢驴一样,轻而易举被命运控制。"

威尼斯的船一到塞浦路斯,伊阿古就开始实施计划。那天晚上,他劝说掌管卫兵的卡西奥与他一起喝酒。卡西奥说自己不胜酒力,但伊阿古骗他说酒的度数很低。很快,所有的卫兵都喝多了唱起歌来,卡西奥也醉倒在地上。伊阿古又狡猾地在这些人之间挑起矛盾,惹得他们争吵起来。争吵越来越激烈,卫兵甚至刀兵相见,叫喊声响彻整个兵营。

骚(sāo)乱的场面让赶来的奥赛罗十分恼火。看见卡西奥醉醺醺的样子,他非常失望。

"卡西奥,我一直器重你,把你当朋友。"他严肃地说,"但你真让我失望,不能再做我的副官了。"

卡西奥懊悔不已。奥赛罗走后,狡猾的伊阿古过来安慰他。

"别担心,卡西奥,这不是什么大的过错。"伊阿古说,"你明天就去找苔丝狄蒙娜,求她让奥赛罗改变主意。奥赛罗深爱她,一定会满足她的要求。"

卡西奥对伊阿古满心感激,他说:"你的建议真好,我忠实的朋友!我明天早晨就去求苔丝狄蒙娜帮忙。"

那天晚上,伊阿古对卡西奥的轻易上当大笑不止。"明天我就对奥赛罗说恶毒的话,让他相信卡西奥和他的妻子相爱了。苔丝狄蒙娜不会知道,她要是替卡西奥求情,她和卡西奥两个人都会中了我的圈套!"

第二天早晨,伊阿古确认奥赛罗不在家中,就让卡西奥去见苔丝狄蒙娜。当她知道卡西奥受到的惩罚后,果然非常同情,立刻许诺帮忙。"我知道你敬重奥赛罗,"她说,"不要担心,如果他不宽恕你,我不会让他安宁的。"

这时,奥赛罗和伊阿古回来了。苔丝狄蒙娜说:"我的丈夫回来了,留下来听我们的谈话吧。"不过,卡西奥一夜没睡觉,不想让奥赛罗看到他落魄(pò)的模样,就谢过她,匆匆离开了。

奥赛罗问伊阿古:"刚才卡西奥是和我的妻子在一起吗?"

"当然不是,"伊阿古奸(jiān)诈地说,"如果是卡西奥,怎么会看见您过来,就一脸愧疚地溜走呢?"

苔丝狄蒙娜看见奥赛罗,迫不及待地为卡西奥求情:"他真的很抱歉,要是我有力量能打动你的话,就请宽恕他吧,我的将军。"

"我愿意为你做任何事情。"奥赛罗说,"卡西奥过一会儿可能会找我谈这件事。"苔丝狄蒙娜听完满意地离开了。

"我的好夫人,"看着她的背影,奥赛罗叹了口气,"我是多么爱你啊。如果我不再爱你,世界也会一片混乱。"

"我不知道卡西奥竟是您妻子的朋友。"伊阿古随意地说了一句。

"是的,"奥赛罗说,"在我们没结婚之前,他经常代表我去看望她。"

"原来如此!"伊阿古惊呼一声,"那他们单独见面,您放心吗?"

奥赛罗不明白伊阿古为何如此惊讶:"难道你认为他不值得信任吗?"

伊阿古若有所思地想了想,回答道:"人应该表里如一。卡西奥看起来很诚实。"

"看起来很诚实?"奥赛罗觉得伊阿古的话另有深意,"告诉我,你说的到底是什么意思?"

伊阿古说:"我的将军,我的职责是为您服务,但是您不能命令我说出所有想法。"

正如伊阿古预料,奥赛罗开始怀疑伊阿古知道一些苔丝狄蒙娜和卡西奥之间的事,但他不会轻易怀疑自己的妻子。

"我虽然有缺点,但苔丝狄蒙娜选择了我。她很爱我。我不会毫无根据地怀疑她。"

"主人,我就说说您和她的爱情吧。"伊阿古深鞠一躬说,"您还记得吧,她嫁给您的时候,曾欺骗过她的父亲。"

一整天,奥赛罗的脑海里一直思索伊阿古说的话。"我宁可做一只生活在地牢里的蟾蜍(chán chú),也不会与别的男人分享我的爱人。"他悲凉地想着,"是不是苔丝狄蒙娜后悔嫁给比她年纪大的人,而渴望找一个更加儒(rú)雅、风度翩翩的人呢?"

晚餐时间,苔丝狄蒙娜过来通知奥赛罗,晚宴的客人已经到场。她注意到了他的痛苦表情,问道:"你生病了吗,亲爱的?"

奥赛罗喃喃自语,说有些头疼。苔丝狄蒙娜便找了一块手帕,想给他冰额头,却被他推开了。"手帕太小了,没有什么用。"他说,"还是别让客人们等吧。"

宴会进行的时候,苔丝狄蒙娜的女仆、伊阿古的妻子艾米利亚,发现了地上的小手帕。"这是奥赛罗送给女主人的第一件礼物。"她想起这点笑了起来,"苔丝狄蒙娜许诺要永远珍藏呢。"

这时候,伊阿古走进屋子,看到艾米利亚拿着的手帕,一下子夺了过来。

"我想用它来戏弄一下别人。"他对艾米利亚说。这手帕正是他需要的证据,用来毁掉卡西奥,向奥赛罗复仇。

整个宴会过程中,奥赛罗都被苔丝狄蒙娜和卡西奥有私情的想法折磨。第二天,他找伊阿古要证据,他警告说:"要是你敢说谎,我会严厉地惩罚你,让你生不如死!"

伊阿古已经为奥赛罗准备好了更加恶毒的说辞。他告诉奥赛罗,他曾听见卡西奥在梦中念着苔丝狄蒙娜的名字,还看见他用苔丝狄蒙娜最喜欢的手帕擦拭胡须。当然,是伊阿古把手帕放到了卡西奥的房间。

奥赛罗异常愤怒,大叫道:"她竟然把我的信物送给别人!她还敢为卡西奥求情!"怒火在奥赛罗心中燃烧,伊阿古心满意足地离开了。

第二天,奥赛罗仔细观察苔丝狄蒙娜。他问她要那块手帕,正如他预料的,她说没有了。

"是丢了吗?"他问道。

"不是,将军。"苔丝狄蒙娜说。

"它在哪里?"奥赛罗提高了声音。

"手帕没有丢,就算丢了又怎么样呢?"

"要是没丢,就拿过来吧。"奥赛罗生气地命令道,"让我看看。"

苔丝狄蒙娜被他的暴躁吓了一跳。"我是来问问卡西奥的事。难道这是一个转移我注意力的把戏吗?"她说,"将军,请你把卡西奥找回来,让他为你效力吧。"

她一提卡西奥,奥赛罗更加愤怒,他气冲冲地走出房间。

第二天早晨,伊阿古要给奥赛罗提供更多苔丝狄蒙娜背叛的证据。他约卡西奥在广场见面,还建议奥赛罗从附近酒馆的窗户察看。"我会问他与苔丝狄蒙娜见面的事,"伊阿古说,"虽然您听不到他说的话,但从他的反应,您可以看到他的愧疚之情。"

卡西奥到了后,伊阿古没有问起苔丝狄蒙娜,而是从酒馆找来一位名叫比安卡的女孩。奥赛罗看到卡西奥笑容满面。

"比安卡很容易取悦,"卡西奥说,"我送给她一块手帕,她热情的亲吻简直让我窒(zhì)息!"

"那你应该娶她呀。"伊阿古建议说。

"娶她?"卡西奥笑了起来,"她在夜晚是好情人,但我并不爱她!"

就在这时,比安卡从酒馆的门口走进来,因为听到了卡西奥的话,手里挥动着苔丝狄蒙娜的手帕。

"那是我的手帕!"奥赛罗透过窗户看着,不禁喊出声来。

"这礼物你还是自己留着吧。"比安卡哭着说完就跑开了。卡西奥赶紧追了出去。

伊阿古走到奥赛罗面前,狡诈地说:"我提起苔丝狄蒙娜时,卡西奥喜笑颜开的样子您都看到了吧?您也看见那块手帕了吧?"

"我的心变成了石头。"奥赛罗说,"死将是对卡西奥唯一的惩罚。伊阿古,你现在是我的副官了。给我拿些毒药,苔丝狄蒙娜损害了我的名誉,她也必须死。"

"最好还是在床上把她掐死吧。"伊阿古低声说,"那里是她和卡西奥苟(gǒu)且的地方。"

那天晚上,罗德里戈来到伊阿古的房间,抱怨自己追不到苔丝狄蒙娜。伊阿古发现罗德里戈可以为他卖命。

"苔丝狄蒙娜已经厌倦了奥赛罗。"伊阿古对他说,"现在卡西奥才是你的敌人。今晚你帮我杀了他,就没有人阻挡你了。"罗德里戈勉强同意了。

他们一起在黑暗的小路上伏击卡西奥,结果罗德里戈仅仅划伤了卡西奥。刺杀被过路人打断,伊阿古为保护自己,朝罗德里戈的后背狠狠捅(tǒng)了一刀,就跑得无影无踪。

与此同时,奥赛罗走进苔丝狄蒙娜的卧室,发现她安详地熟睡。看着她烛光映照下美丽又天真的脸庞,他流下了热泪。

"灯火熄灭吧,灯火熄灭吧。"他低声说着。想着接下来要做的事,他不禁颤抖起来。"熄灭的灯火,我可以再次点燃,但我熄灭了你的生命之火,美丽的苔丝狄蒙娜,它就无法复燃了。"

他亲吻着她,然后她醒了过来。

"你念过祈祷词吗?"奥赛罗轻声问道。

"是的,将军。"她答道。

"那你已经做好因罪而死的准备了。"

苔丝狄蒙娜惊恐地问:"你为什么要杀我?"

"我知道你和卡西奥的私情。"奥赛罗说,"你把手帕送给了他,我看到了证据。"

"那不是事实!"苔丝狄蒙娜大声说,"把卡西奥叫来,他会告诉你真相的。"

"伊阿古已经去惩罚他了。"奥赛罗说。

苔丝狄蒙娜大叫,发现谁也救不了她。"流放我吧,将军。即使我无法自证清白,也不要杀我。"她乞求道。

然而奥赛罗就像着了魔一样,他已经没有怜悯(mǐn)的心情。他拿起枕头,捂住苔丝狄蒙娜,直到她没有一丝气息。

听到声音后,艾米利亚急匆匆跑进屋来。

奥赛罗把枕头扔到地上。"我的妻子与卡西奥有私情。"他对艾米利亚说,"只有你诚实的丈夫对我说了真相。"

艾米利亚难以置信地瞪大了眼睛。"主人,您弄错了,"她喘息着说,"我的女主人一直是忠实于您的。"她跑到门口大喊:"杀人啦!"

伊阿古和卫士闯进来。

面对自己的丈夫,艾米利亚质问道:"你还是把污蔑女主人的事向将军坦白吧。"

伊阿古手里紧握着剑柄,回答说:"我只是说了我想到的事情。"

"我也看到了证据,"奥赛罗说,"卡西奥有苔丝狄蒙娜的手帕,那是我给她的第一件爱情信物。"

艾米利亚惊恐地看着自己的丈夫。"可那手帕是伊阿古从我手里拿走的。"她大声说,"他说想戏弄一下别人。一定是他给了卡西奥!"

听到真相,奥赛罗如五雷轰顶。他被别人算计,杀死了无辜的妻子。"恶棍!"他大吼一声。还没等奥赛罗拿武器,伊阿古就一剑刺中艾米利亚的胸膛,跑出了房间。卫士们紧紧追出去。

奥赛罗为自己的所作所为悲痛难当,跪在地上。"天哪,苔丝狄德蒙娜,我的生命,我的爱人!"他高叫着,"我怎么能信任魔鬼,怀疑你的真心啊!我对你的爱不理智,却是真的。我所做的一切不是为了仇恨,都是为了荣誉。"奥赛罗最后看了一眼妻子天使般的脸庞,一剑刺中自己的胸膛,倒在她的怀里。他们的唇碰在一起,做了最后的吻别。

世界就是一个舞台,

男男女女都是演员而已。

剧中人物

罗瑟琳

西尼尔公爵的女儿

西莉亚

弗莱德里克公爵的女儿，
罗瑟琳的表妹

奥列佛

罗兰·德·鲍埃爵士的长子，
奥兰多的哥哥

奥兰多

罗兰·德·鲍埃爵士的次子，
奥列佛的弟弟

查尔斯

弗莱德里克公爵的拳击手

西尼尔公爵

弗莱德里克公爵的哥哥，
被放逐到了亚登森林

皆大欢喜

罗兰·德·鲍埃爵士死后，他的长子奥列佛继承了所有财产。虽然奥列佛答应父亲会好好照顾弟弟奥兰多，但他并没有一直信守承诺。因为嫉妒奥兰多英俊的外表和自信的个性，奥列佛像对待仆人一样对待弟弟，不让他上学，只给他很少的钱。

一天，奥兰多决定隐藏自己的贵族身份，去参加摔跤比赛。赢得比赛，会得到不菲的奖金。比赛的卫冕冠军是弗莱德里克公爵的职业拳击手查尔斯。奥兰多刚要上拳击台，两名女子穿过人群走过来。她们一位是弗莱德里克公爵的女儿西莉亚，一位是西莉亚的表姐罗瑟琳。

"先生，"西莉亚说，"请你改变主意吧，你不可能获胜。今天已经有三位挑战者被打断了肋（lèi）骨！"

"是的，救救你自己吧。"罗瑟琳凝视着奥兰多英俊的面孔，乞求道。

她们的关心让奥兰多很感动，他表示感谢，却没有改变主意。"你们的善意会在我决斗时给我力量。"他对两个女孩说，"因为这个世界上，没有其他人关心我是死是活。"

他勇敢又悲伤的话语打动了罗瑟琳的心。她真挚（zhì）地说："那我就把我微弱的力量送给你。"然后她们回到位置上继续看比赛。

比赛开始了。查尔斯虽健壮如牛，但奥兰多的反应敏捷（jié）迅速。奥兰多左躲右闪，力求智取。他瞅（chǒu）准时机，一下抓住查尔斯，砰的一声把他扔到地上。卫冕冠军被打败，观众都欢呼起来，但奥兰多的眼中只有罗瑟琳。

弗莱德里克公爵授予奥兰多奖金。"你是个勇敢的年轻人,"他问道,"你的父亲是谁?"

奥兰多回答:"我的父亲已经去世了。我是罗兰·德·鲍埃爵士的小儿子。"

公爵的笑容消失了,他痛苦地说道:"那你就是我敌人的儿子。"他不发一言,带着随从离开了。

罗瑟琳却激动地摘下脖子上的项链,把它送给奥兰多。

"先生,你今天赢了你的对手,"她大胆地说,"请戴上它,也请记得我。"

她走后,奥兰多问旁边的大臣她是谁。

"她是罗瑟琳。"大臣说,"她的父亲西尼尔公爵是弗莱德里克公爵的哥哥。多年前,西尼尔伯爵被弟弟流放到森林里,罗瑟琳却被留下来陪伴弗莱德里克公爵的女儿西莉亚。两个女孩亲密无间,但公爵最近发现罗瑟琳比西莉亚更受欢迎。公爵为人刻薄,我担心他很快就会找到借口,像驱(qū)逐她父亲一样赶走她。"

"哦,圣洁的罗瑟琳!"奥兰多感叹了一声,"生活对她也不公平。我就知道我们是天生的一对。"他亲吻了罗瑟琳送给他的项链,把它戴在胸前。他点头谢过大臣后就面带笑容离开了。

那天下午,罗瑟琳不停谈论勇敢又英俊的奥兰多,惹得西莉亚不禁取笑她。她们兴高采烈的谈话被突然闯进来的公爵打断。让罗瑟琳害怕的是,公爵指责她不忠实,与奥兰多密谋算计他。他轻蔑地说道:"我看到比赛时你们俩在一起。你们两个人的父亲是好朋友，都是我的敌人。"

"我没有做错什么。"罗瑟琳想反驳，但公爵拒绝听她说话。

"你和你的父亲一样，都是背信弃义的人。"他说，"我把你当作亲生孩子抚（fǔ）养，但是我再也不会相信你了。我要把你从宫殿赶出去。"

"罗瑟琳和我一样天真纯洁。"西莉亚大声说，"你要是把她赶走，我也走！"但公爵决心已定，无法再改变："你明天必须离开！"说完，他就怒气冲冲地走出了房间。

"我们该怎么做？"罗瑟琳问道。

"我们一起去亚登森林找你的父亲吧。"西莉亚提议。

罗瑟琳抱住表妹，说道："谢谢你，我忠实的朋友。这是一个完美的计划！"

第二天早晨，两个女孩乔装打扮了一番。西莉亚扮作牧羊女，罗瑟琳把长发塞进帽子里，扮成男人的模样，说道："我应该配上一把剑，把找麻烦的人都吓跑。"西莉亚则拿了她的钱和珠宝，她们一起出发去森林，满脑子都是冒险的想法。

得知西莉亚和罗瑟琳一道离开，弗莱德里克公爵非常恼火。他找来西莉亚的女仆，她说前一天曾听到两个女孩谈论奥兰多。公爵说道："我果然猜对了！"他找来奥兰多的哥哥奥列佛。

"把奥兰多给我带过来，不管他是死是活。"公爵命令道，"如果你做不到，我就没收你的全部财产。"

奥列佛根本不需要劝说。"这是个除掉奥兰多的好机会，我就能把父亲的遗产全部据为己有了。"他心里这样想，于是同意按照公爵的指示做。

与此同时，西莉亚和罗瑟琳已经走进森林，很快发现一间待出售的小木屋，于是在那里安顿下来。她们不知道奥兰多也来到森林里。他在树丛中漫无目的地穿行，又饿又累。后来，他走到了西尼尔公爵所住的营地。

西尼尔公爵一眼就认出奥兰多是老朋友的儿子，热情地邀请他到家中做客。"我们住在绿荫之下，生活无忧无虑。"公爵满脸笑意地对奥兰多说，"你一定要来。自然会赐（cì）予我们需要的一切！"

奥兰多很快开始了新生活，既有青苔为床，又有朋友为伴，但他并不满足。他整天都想念罗瑟琳。由于无法向她诉说衷肠，他只好把给她写的情诗钉在树上。

一天早晨，两个女孩外出摘果子时，发现了他写的一首诗，诗歌充满了浪漫的爱情宣言。"这个神秘的诗人是谁呢？"罗瑟琳很纳闷。就在这时，她们听到旁边有人在说话。让她们吃惊的是，她们看见奥兰多手拿鹅毛笔坐在那里，低声念着韵（yùn）律。罗瑟琳满心欢喜："我要看看奥兰多是否真的爱我。"她给西莉亚使了个眼色，希望他无法看穿她的乔装。她大胆地朝他走过去。

"先生，"她问，"你知道是谁在森林里乱贴无聊的情诗吗？"

奥兰多一下跳起来。"那些都是我写的诗。"他生气地说，"怎么能说无聊呢？我爱上了一个美丽的女孩。"

罗瑟琳上下打量他。"你才不像是在谈恋爱呢。"她用嘲弄的口气说，"要是你爱上了一个人，你应该看起来难受又可怜才对啊。因为爱情就是一种疾病。我曾给一个人治过这种病呢。"

"你怎么治的？"奥兰多好奇地问。

罗瑟琳说："为了治好他，我让他想象我就是他的爱人。我先鼓励他爱我，然后再拒绝。我一会儿温柔，一会儿冷漠；一会儿崇拜，一会儿怀疑；一会儿笑容满面，一会儿泪如雨下。他很快尝够了爱情的疯狂滋味，于是痊愈了！"

奥兰多哈哈笑起来，他说："你永远也不会治好我的病。"

"那就让我试试吧。"罗瑟琳调皮地说，"我和妹妹住在这条小路旁的木屋里。要是你来找我，让我假装成你的罗瑟琳，我保证治好你的病，再也不会犯！"

"没问题，"奥兰多很开心地接受了挑战，"年轻人，你很快就会知道我的爱有多深了。"

第二天，罗瑟琳焦急地等待奥兰多，但他却迟到了一个小时。

她用斥（chì）责的口吻迎上前去："你不能这样对待你爱的女孩！"

"原谅我吧，最亲爱的罗瑟琳！"奥兰多也进入了他的角色。

"作为补偿，你可以说说你有多在乎我。"罗瑟琳一边开玩笑地说着，一边让他坐在自己身旁，"对我说说情话吧。"

奥兰多深情地看着她的眼睛，用爱慕的话赞美她，几乎要倒出他的心。"我发誓爱你永永远远，"他牵起她的手，庄严地说，"我的罗瑟琳，也会如此吗？"

一碰到他的手，罗瑟琳的心都融化了。她仿佛感觉到奥兰多正在直视她的心。她回答说："你的罗瑟琳会和我一样爱你。"

那一刻，时间好像停止了。他们没有动，也没有说话。打破沉默的是奥兰多，他跳起来，拿起他的帽子。"我必须先离开你一会儿了。"他想起该回营地吃饭了，"但我保证两点就回来。"

奥兰多刚离开，罗瑟琳就冲进厨房抱住了西莉亚。"哦，我亲爱的表妹！要是你知道我有多爱他就好了！"她大声说，"他回来之前的每一分钟都如一小时那样漫长。"

然而，两点到了，奥兰多没有出现。三点到了，他依然不见踪影。罗瑟琳来来回回地走着，不停叹气，西莉亚只好带着她出去散步。

她们还没走多远，就看见奥列佛沿着小路走过来，手里还拿着一块带血的手帕。

"我在寻找那位扮作罗瑟琳的小伙子。"他说，"我替我的弟弟奥兰多捎来口信。"

"这位就是罗瑟琳。"回答的那一刻，西莉亚被眼前这位高大、帅气的陌生人吸引住了。

"你带来的是什么消息？"罗瑟琳问，"奥兰多在哪里？"

奥列佛告诉她们，他在森林里寻找奥兰多已经好几天了。"几个小时前，我在休息，突然看到一头母狮子朝我扑过来。那时，奥兰多恰巧经过。自从父亲去世后，我没有做个好哥哥，经常欺负他。他却不顾自己的安危，奋力击退了母狮子，救了我的命。我们和好了，都非常开心。"

"那手帕上的血是谁的？"西莉亚问。

"奥兰多受伤了。"奥列佛说，"他让我把手帕带过来，以此证明自己无法遵守回来的承诺。"

一想到奥兰多受伤，罗瑟琳突然感到头晕目眩。奥列佛提议把她们两个送回家，西莉亚欣然同意。

罗瑟琳休息的时候，西莉亚和奥列佛相互产生了好感。当下午的时间就要结束时，就像森林对他们施了魔法，两个人深深爱上了对方。

醒来后，罗瑟琳吃惊地听到西莉亚和奥列佛决定结婚的消息。

西莉亚说："表姐，为我们开心吧。"

罗瑟琳看到他们满脸喜色，也感到很开心。奥列佛说他们希望明天就在西尼尔公爵的营地举行婚礼，他到时候会叫上奥兰多。

"告诉你弟弟，我不会再治他的相思病了，"罗瑟琳说，"我会把他的爱人带到他身边，这样明天森林里就有两场婚礼啦！"

第二天早晨，当罗瑟琳和西莉亚穿着各自的服装走进西尼尔公爵营地时，引来了众人的惊讶和欢呼。奥列佛惊讶地看到西莉亚从牧羊女变成贵族少女，而奥兰多得知罗瑟琳的恶作剧后，笑得前仰后合。

见到失散多年的女儿和侄女，西尼尔公爵非常高兴。他感慨地说："我简直太幸福了！"

这时，一位信使打断聚会，带来了意外的消息。他对西尼尔公爵说："两天前，弗莱德里克公爵派兵追捕他的敌人。当他走进森林时，遇见了一位牧师，牧师让他认识到了自己的卑鄙行径。现在您的弟弟决定潜心修道，把所有的土地和财产都还给您。"

大家都欢呼起来。"这真是一个好消息！"西尼尔公爵说，"但这个消息在今天一点儿也不重要。因为世间的一切财富，都无法与美好的婚礼相比。这里绿树成荫，玫瑰芬芳，鸟语花香。"

人们可以支配自己的命运,
若我们受制于人,亲爱的布鲁特斯,
错误不在命运,而在我们自己。

剧中人物

尤利乌斯·恺撒

罗马将军，参议员

卡斯卡

反叛恺撒的人

布鲁特斯

共和国的支持者

马克·安东尼

恺撒的朋友

卡西乌斯

罗马将军，反叛恺撒的叛军首领

泰伯纽斯

反叛恺撒的人

奥克泰维斯

恺撒的侄子与继承人

尤利乌斯·恺撒

"恺撒!恺撒!恺撒!"

罗马的市民聚集在街道上,迎接凯旋的伟大将领——尤利乌斯·恺撒。恺撒自豪地骑马穿行在城市里,后面跟着贵族议员的队伍,兴奋的人群爆发阵阵欢呼。

突然,一位老人走出来,挥手拦住了行进的队伍。人们都安静下来,吃惊地看着他。

老人指着恺撒,表情似乎是看到了世界末日。他高声说道:"小心三月的月中日!"

"什么是三月的月中日?"人群中,一个小男孩好奇地小声问道。

"这个月的十五日,也就是明天。"他的父亲回答道,"那位老人是预言者,能够预测未来。"

恺撒面无表情,丝毫没显出畏惧。他才不会让一个老头的警告扫了凯旋日的兴呢。"继续前进,"他命令道,那位预言者被推到了一边。

在一旁观看的有两个议员——布鲁特斯和卡西乌斯,他们从小就是好朋友。"听听人群的声音吧。"当人群再次欢呼时,布鲁特斯说,"他们好像把恺撒当成了国王。"

"恺撒搞这么大的排场,真是可恶。"卡西乌斯愤愤不平地说,"他高高在上的气势,好像高我们一等。但他不是神,他只不过是和你我一样的凡人。"

布鲁特斯点了点头。"恺撒是我的朋友,但胜利让他野心勃勃。几百年来,罗马一直是个共和国,由自由的人民来管理。要是我们让某个人当了国王统治我们,那么罗马的市民就和奴隶没什么两样。"

卡西乌斯看了看布鲁特斯的身后,确认没有人偷听,于是说:"我们必须想办法阻止恺撒。"

"我们必须想办法保护我们的自由。"布鲁特斯眉头紧锁,点头表示同意。

那天晚上暴雨大作,人们都担心这是坏事来临的征兆。当整个城市一片狼藉(jí)之时,卡西乌斯的一名随从急匆匆穿过黑暗湿滑的街道,给布鲁特斯送信。这些信表面上是忧心忡忡(chōng)的市民写给布鲁特斯的,请求把他们从恺撒的统治中拯救出来,实际上却是卡西乌斯自己写的,目的是让布鲁特斯反对恺撒。

就在布鲁特斯冥(míng)思苦想的时候,几颗流星划过夜空,光芒是如此绚烂,他不用蜡烛就能看清手里的书信。他内心挣扎,不知道该怎么做。谋杀是除掉恺撒的唯一办法,但布鲁特斯不愿杀死朋友,但他又担心恺撒当了国王后,罗马会陷入灾难。"恺撒就像是毒蛇的蛋,"他心想,"要是留着孵(fū)化并长大,他会变成危险的动物。那么为了拯救罗马,是不是应该在还没孵化时,就把蛋杀掉呢?"

暴风雨过后,布鲁特斯在果园中散步,遇见了前来拜访的卡西乌斯。卡西乌斯还带了密谋反叛的同伙,包括泰伯纽斯、卡斯卡等几个人。

"卡斯卡收到消息,恺撒明天就会被议员们加冕称王,"卡西乌斯说,"布鲁特斯,我们该采取行动了。这几个人都做好了刺杀恺撒的准备。你也加入吗?"

"恺撒要做国王统治罗马!"布鲁特斯有些激动。他知道自己必须要有所作为了。他虽然心情沉重,还是同意加入了。"多年以前,我的祖辈们从这块土地上赶走了最后一位奸诈的国王,"他说,"我发誓,现在就要保卫罗马!"

第二天就是三月的月中日。恺撒和挚友马克·安东尼来到即将举行加冕仪式的神殿。当他们走进神殿时,泰伯纽斯拉开了马克·安东尼,接着卡西乌斯、布鲁特斯和其他几个人将恺撒围了起来,好像要和他说话的样子。

"我们的手今天要替我们说话!"卡斯卡喊出这句话后,其他几个人立刻拔出短剑刺向了恺撒。布鲁特斯上前补了最后一刀。

恺撒倒在地上奄奄（yān）一息。他瞪大眼睛看着自己的朋友："布鲁特斯，竟然是你？"说完他就咽了气。

呼喊声立刻响起："恺撒遇刺了！"

几个议员战战兢兢（jīng）地走过来。"不要害怕，"布鲁特斯说，"恺撒的死是为拯救罗马做出的牺牲。我们的行动是出于对共和国的热爱。"

这时，安东尼走上前来。他惊恐地看着倒在神殿台阶下的恺撒，又看了看身上溅着血污的议员们。"要是你们也想杀掉我，那就动手吧。"他裸露着胸膛大声说，"没有什么地方比死在恺撒身边更好了！"

布鲁特斯向安东尼保证不会伤害他。"你看见了我们手上的鲜血，你却没有看见我们心里的哀伤。"他对安东尼说，"当我们向罗马人民澄（chéng）清事实的时候，你就会明白我们为什么要这么做。"

安东尼直视着他们每一个人，说道："要是你们的理由让我满意，那么我就是你们的朋友。我现在只请求带走恺撒的尸体，在他的葬礼上发言。"

卡西乌斯满是疑虑。他对布鲁特斯说："不要让安东尼在人民面前发表讲话，他会鼓动大家反对我们的。"

但布鲁特斯选择相信他。"不要害怕，"他说，"我会先发言把一切解释清楚。"于是，布鲁特斯等人让安东尼走近恺撒的尸体。

安东尼心怀崇敬地跪在逝去的朋友身旁，哭着说："有史以来最高贵的英雄就这样被毁掉了。我发誓，他们的卑鄙行为一定会招来愤怒和战争。"

恺撒被裹着尸布，摆放到集市的广场。人们聚拢过来，要求知道事情的原委。

布鲁特斯率先发言:"各位罗马市民,你们都知道我是个诚实的人。我做出这样可怕的举动,并非因为我爱恺撒比各位少,而是因为我更爱罗马。恺撒已经越来越冷酷无情、野心勃勃,威胁到我们自己管理国家事务的自由,所以我们采取了必要的行动来保护我们的自由。要是有人认为我不公平,那我愿意用同样的短剑结束自己的生命。"

人群议论纷纷,大家信任布鲁特斯,相信他的行为是为了罗马的最大利益。"布鲁特斯必须活着!"人们高喊着,还呼吁为他树立雕像。在人们的支持声中,布鲁特斯心满意足地回家了。

该安东尼发表讲话了。

他悲伤地站在恺撒的尸体旁,说道:"朋友们,罗马人,公民们,我不像诚实的布鲁特斯那样会说漂亮话,我只想悼(dào)念我的朋友,并告诉大家,恺撒是多么爱你们。"他朝人群挥动手里的卷轴,"看看吧,他的遗嘱(zhǔ)就是证明。"

"念一念吧!"人们请求着。

安东尼摇了摇头,"我们还是先让恺撒的伤口来说话吧。"说着他就拉开了恺撒的裹尸布。人们叹息着,惊恐地看着恺撒的尸体。"这就是诚实的布鲁特斯向恺撒表达爱意的地方。"安东尼说,"这里是他的好朋友卡西乌斯刺中的伤口。"

"布鲁特斯太残忍了!"人们大叫。

安东尼继续说道:"在恺撒的遗嘱中,他把财产留给了你们每一个人。他还要求把自己的花园和公园都向公众开放。想夺走你们自由的人,会有这样的愿望吗?"

"我们都被布鲁特斯和他的朋友们愚弄了!"人群中有人喊道,"他们不是诚实的人,他们是叛徒!"

"请把恺撒的尸体留给我们吧。"另一个人高喊,"我们要用葬礼的火焰烧掉叛徒的家园!"愤怒之下,抗议的人群迅速离开去寻找叛徒。

"现在就开始复仇吧!"安东尼说。

布鲁特斯和卡西乌斯听见了街头的骚乱,立刻猜到一定是安东尼发动人民对付他们。于是,他们急匆匆逃出罗马。

恺撒的死引起了多日的暴乱。很多房子被烧毁,罗马的公民相互斗殴,直到恺撒的继承人——侄子奥克泰维斯率军来到。奥克泰维斯一来,就先去见安东尼,然后两人很快控制了整个城市的局势。

布鲁特斯和卡西乌斯知道,用不了多久,他们就会被追上。于是,他们集结队伍,等待罗马强大的军队。他们很快就收到了消息——奥克泰维斯和安东尼已经逼近。

布鲁特斯问道:"我们要不要清晨列阵迎战他们?"

"不,"卡西乌斯说,"让我们的军队以逸待劳。"

但是布鲁特斯认为决战的时刻已经到了。"我们的军队士气高涨,作战时机成熟。如果我们不在命运有利于我们的时候付诸行动,我们就会错失良机,最终失败。"

于是卡西乌斯同意决战。

决战的那天清晨,卡西乌斯看到几只猛禽在营地上空盘旋。"这不是一个好兆头。"他想道,但他努力克制内心的恐惧。

布鲁特斯决定去对付奥克泰维斯,而卡西乌斯准备去和安东尼交战。他们为彼此祝福。"我们今天必须结束月中日的麻烦,"布鲁特斯说,"老朋友,我们可能无法再见面了,让我们相互道别吧。"

那一天,布鲁特斯率领手下战胜了奥克泰维斯,卡西乌斯却吃了败仗。卡西乌斯的士兵逃离战场后,就传出了安东尼占领他们营地的消息。

卡西乌斯派好友泰伯纽斯去确认消息的真假,没过多久,信使就回来报告,说泰伯纽斯被抓住了。卡西乌斯想起了早晨看见的那几只鸟,心想:"一切都完了。"他可不想回罗马遭受牢狱之灾,便拿起手中的剑自杀了。

然而,信使犯了致命的错误:营地并没有被安东尼占领,而是被布鲁特斯的军队占领。过了一会儿,泰伯纽斯带着布鲁特斯胜利的花环回来了,但为时已晚。泰伯纽斯把花环放在卡西乌斯的头上。

布鲁特斯到来后,看见发生的一切,不禁失声痛哭。"罗马再也不会有这样的勇士了。"说完,他命令士兵抬走卡西乌斯的尸体,以免影响士气。

布鲁特斯召集军队,再次对战安东尼。虽然士兵们作战勇猛,但还是被打败了。疲惫与绝望之下,布鲁特斯对忠诚的将士们表示感谢。"这是一场高尚的战争。我们即使失败,也比奥克泰维斯和安东尼取得的胜利更荣耀。我们是在为深爱的罗马奋力而战。"说完,他就把士兵们遣(qiǎn)散了。

只有一个士兵留下来陪在他身旁。

"我该休息一下了,"布鲁特斯叹了一声,"抓住我的宝剑,永别了,朋友。"他把宝剑刺进了自己的胸膛。

当奥克泰维斯和安东尼发现布鲁特斯的尸体时,心里丝毫没有胜利的喜悦。

"他是罗马最高尚的人,"安东尼悲伤地说,"那些谋反者因嫉妒谋杀了恺撒,只有布鲁特斯是真心为了自己深爱的共和国和人民的利益。上天让他成为最高贵的人。"

"他应该像士兵一样在我的帐篷里休息。"奥克泰维斯说,"我们要用罗马最尊贵的礼遇埋葬他。"

你我的智慧

不允许我们平淡地相爱。

无事生非

剧中人物

希罗

梅西那总督的女儿

唐·彼德罗

阿拉贡的贵族

唐·约翰

唐·彼德罗的弟弟

贝特丽丝

希罗的堂姐

培尼狄克

士兵、少年贵族

克劳迪奥

唐·彼德罗手下的士兵

无事生非

在美丽的乡间别墅里，梅西那总督里奥那托迎来欢欣鼓舞的一天。他的老朋友唐·彼德罗，要带领手下登门拜访，他们刚结束战斗要回到家乡。

"自从他去打仗，算起来已经过了很长时间。"里奥那托对女儿希罗说，"我听说那位对你很关注的克劳迪奥，作为士兵得到很大的奖赏。"

听到克劳迪奥的名字，希罗的心怦怦跳起来。

"培尼狄克先生也和他们在一起吗？"总督的侄女贝特丽丝问。

里奥那托笑着点了点头。培尼狄克和贝特丽丝不管什么时候见面，都会有一番争论，因为他们都想在言辞和智慧上胜过对方。

"我想知道培尼狄克这个月最喜欢的伙伴是谁，"贝特丽丝说，"他换朋友的速度简直和换帽子一样频（pín）繁。"

看着活泼的堂姐，希罗笑出声。"看得出来，他没有出现在你的好书里。"

"要是培尼狄克在我的好书里面，我就烧掉整个书斋（zhāi）！"贝特丽丝咧嘴笑着说。

当唐·彼德罗和士兵们那天下午到来时，朋友们欢聚一堂，其乐融融。美丽的希罗吸引了克劳迪奥的注意。两人满是爱意地彼此凝视。

培尼狄克向贝特丽丝鞠了一躬："哎呀，我的傲慢小姐，你还活着呢！"

"我的先生，你给了我那么多笑料，我怎么能错过你的拜访呢？"她露出了甜美的微笑。

培尼狄克叹了一口气，说道："除了你，没有哪位女士不爱我。不过，我必须要无情一点，因为我哪个都不喜欢。"

"哦,这对女人来说是个好消息,"贝特丽丝毫不客气地说,"她们省去了麻烦,不用找一个像你一样的丈夫。我宁愿听我的小狗朝乌鸦叫,也不愿意听到一个男人对我说示爱的话。"

"太好了!"培尼狄克也提高了嗓门,"你也拯救了某些可怜的绅士,不用被你的爪牙伤到,受皮肉之苦!"

他们的玩笑话惹得里奥那托和唐·彼德罗哈哈大笑。

"你必须陪我们住一个月,"里奥那托执意挽留,"今晚我将为你举办一场化装舞会。"

唐·彼德罗热情地接受了老朋友的邀请,他的手下们也都欣然同意了。这时,有个人满脸不高兴地站出来,冷冷地谢过了主人。这个人是唐·彼德罗的弟弟唐·约翰,他对欢声笑语没有兴趣。

那天晚上,唐·约翰没有和别人一起参加晚宴。他的朋友博拉西奥找到他,说了些小道消息。

"克劳迪奥想娶希罗,"他对唐·约翰说,"我还听到他在向你哥哥求助。"

唐·约翰饶(ráo)有兴趣地听着。他讨厌一直仰仗有钱的哥哥,一直在寻找机会报复哥哥欣赏的克劳迪奥。"也许可以搞个恶作剧。"他若有所思地想着。

那天晚上的化装舞会,有很多捣乱的机会。

客人们戴着面具相互开玩笑。贝特丽丝假装不认识培尼狄克,和他一起跳舞,然后问道:"请问你认识培尼狄克先生吗?他是唐·彼德罗的宠臣,是个蠢货。"

培尼狄克使劲地让她转了几圈。"不对,"他皱皱眉头说,"要是我见到他,我会告诉他你太小瞧他了。"

当贝特丽丝走开后,培尼狄克向唐·彼德罗抱怨:"贝特丽丝小姐管我叫蠢货,她还多次对我出言不逊,简

直把我当箭靶子了。"他们俩之间刻薄的言辞没有骗过唐·彼德罗的眼睛。他确信，他们其实是互相喜欢的，即使两人掩饰得很好。然而，当他试图让两人和解的时候，他们却都拒绝了。

"我宁愿被派到世界的尽头去执行任务，也不愿和贝特丽丝小姐成为朋友。"培尼狄克说，"让我去亚洲最远的角落去给你找个牙签吧。"

"我高兴说什么就说什么，谁也管不着。"贝特丽丝也拒绝和解，仍然带着甜美的笑容。

唐·彼德罗倒是成功地把克劳迪奥和希罗撮（cuō）合在一起了。深夜，克劳迪奥向希罗表白成功，赢得了她的芳心。她高兴地同意嫁给他，而她的父亲也祝福这对情侣。克劳迪奥急切地希望第二天就结婚，但里奥那托坚持说需要一周的时间才能做好准备。

"不要失望，"唐·彼德罗安慰克劳迪奥，"婚礼之前，我有个打发时间的办法。我们一起劝劝培尼狄克和贝特丽丝，让他们也彼此相爱。他们虽然嘴上说不想结婚，但大家都看得出他们是天生的一对。"

"为了堂姐能找个好丈夫，我愿意做任何事。"希罗说。里奥那托和克劳迪奥都表示愿意帮忙。

"那我就说说我的计划吧，"唐·彼德罗说，"要是成功的话，丘比特就可以挂起弓箭休息了，因为我们才是爱神！"

得知克劳迪奥求婚成功，唐·约翰有些气急败坏。"有什么办法搅乱他们的婚礼呢？"他问博拉西奥。

博拉西奥给他出了个主意。上次拜访里奥那托府的时候，他结识了希罗的女仆。"婚礼前一天晚上，我故意叫她到女主人卧室的窗前，然后我从花园爬过来，和她甜言蜜语，这样听起来就好像我在追求希罗。那时，你就找来唐·彼德罗和克劳迪奥，告诉他们希罗在偷情，让他们亲眼看到证据。接下来嫉妒就发挥作用了。"

唐·约翰非常满意这个计划。

第二天，唐·彼德罗也不失时机地开始了自己的计划。

培尼狄克一边在花园里踱着步，一边叹息着好友克劳迪奥的改变。"他整天就知道无聊地听着情歌，谈情说爱，"他抱怨道，"哼！我才不会被爱情改变呢！"

他没注意唐·彼德罗、里奥那托和克劳迪奥就藏在篱笆的后面。当培尼狄克走过来的时候，几个人就故意大声说起话来。

"里奥那托，你说说吧。"唐·彼德罗说，"你的侄女贝特丽丝爱上了培尼狄克先生，这是真的吗？"

培尼狄克吃惊地停下来，凑过去听着。

"我从没想过她会爱上哪个男人。"克劳迪奥说。

"我也是，"里奥那托附和说，"不过，看得出她爱他很深。恐怕这将会是个悲剧吧。贝特丽丝说要是培尼狄克不爱他，她会死去，可她却宁死也不愿把自己的深情告诉他。这个可怜的姑娘害怕会招来培尼狄克的嘲笑。"

"我们应该告诉他吗？"克劳迪奥问。

"不，还是不说吧，"唐·彼德罗说，"希望她的情感能随着时间平淡下来。培尼狄克虽然是我的好友，但他配不上这么优秀的姑娘。"

丘比特的任务完成后，三人便各自回房间了。

培尼狄克非常吃惊，有些不知所措。"贝特丽丝竟然喜欢我！"他有些激动，"如果是这样，她的爱应该得到回报。她确实是个非常优秀的女孩。如果我喜欢她，别人会嘲笑我，因为我之前一直说不会结婚，但男人都有改变主意的时候。"

令他高兴的是，贝特丽丝突然出现了。培尼狄克微笑着迎了过去。"她比她的堂妹希罗漂亮多了。"他心里想。

贝特丽丝双手叉腰，大步走过来说道："我非常不情愿被派来招呼你吃午饭。"

"谢谢你的辛苦！"培尼狄克笑着说。

"要是觉得辛苦，我就不会来了。"贝特丽丝回答说。

"那你很高兴来送信喽？"培尼狄克说。

"和掐死一只小鸟一样高兴吧。"贝特丽丝觉得他今天的举止有些奇怪，所以没等他回答就赶紧走开了。

"嗯……"培尼狄克琢磨着她的话，"'我非常不情愿被派来招呼你吃午饭。'我想这话一定另有深意。我要是不喜欢她，我就是傻瓜！"

那天下午，希罗派人带口信，约贝特丽丝在花园见面。贝特丽丝到来时，听见有人小声说到她的名字。原来是希罗压低声音与女仆说话。贝特丽丝赶紧躲到雕像后面偷听。

"您确定培尼狄克先生爱上了贝特丽丝小姐吗？"女仆问道。

"没错，是克劳迪奥告诉我的。"希罗故意用惊讶的语气说道，"不过，我告诉他，让培尼狄克另寻佳偶吧，因为贝特丽丝心气高，不会爱上任何人。"

"确实如此，"女仆点了点头，"虽然他们说培尼狄克先生是意大利最合人心意的单身汉，但我觉得贝特丽丝小姐只会愚弄他的爱。"

希罗大声叹息:"真遗憾啊。培尼狄克可是位优秀的男士啊。"说完两人就走开了,只剩下贝特丽丝呆呆地站在那里。

"培尼狄克爱上了我!"她想着,心怦怦直跳,"大家怎么能说我心气高,不会爱上别人呢?哼,他们很快就会看到我是如何回应他的爱。他确实是位很优秀的男士啊!"

第二天,看到培尼狄克突然像热恋的男学生一样唉声叹气,唐·彼德罗和克劳迪奥有些忍俊不禁。这时,唐·约翰走了过来。

"我有一个关于希罗小姐的坏消息,"唐·约翰阴郁地说,"克劳迪奥,她对你不忠。"

"不忠?"克劳迪奥不相信。

"我有希罗爱上别人的证据。"唐·约翰说,"午夜的时候我们在花园见吧。看到证据的时候,你会希望把自己从明天草率的婚姻里解脱出来的。"

虽然满心沮丧,克劳迪奥和唐·彼德罗还是同意了。晚上,他们与唐·约翰见面,他们抬头看希罗的窗户,吃惊地发现博拉西奥正在跟一位女孩说情话,他们自然把只有侧影的女孩当成希罗。实际上,那女孩是希罗的女仆,不知道自己被利用。正如博拉西奥预料的那样,克劳迪奥心碎了,他对唐·彼德罗发誓,明天仍然会按照约好的时间与希罗在教堂见面,然后当面揭穿她的不忠。

第二天早晨,参加婚礼的嘉宾都来到里奥那托家的小教堂。克劳迪奥面无表情地等待着新娘。当希罗到来的时候,牧师问是否有人反对这桩婚姻。

克劳迪奥走到了他跟前,大声宣布:"希罗把真心给了另外一个男人。"

希罗迷惑地瞪大了眼睛。

"没错,"唐·彼德罗说,"我们昨晚都看见希罗和一个男人在窗前调情。"

"我那时没和任何人说话！"希罗激动地说。

"骗子！"唐·约翰大喊。

看到克劳迪奥极度失望的表情，希罗一下子晕倒在父亲的怀里。贝特丽丝和牧师赶紧跑过来，但克劳迪奥和他的朋友们却大步走开了。

只有培尼狄克留下来。他问道："希罗死了吗？"

"没有。"牧师想出了一个主意，"要是我们假装希罗死了，或许是个好办法。我敢肯定，克劳迪奥一定会非常悲伤，后悔自己的口不择言，想起对她的深情。我们也能有时间找出谣言从哪儿来的。"

大家都对牧师的计划表示赞同。当里奥那托将希罗送回家的时候，培尼狄克等待着向贝特丽丝表白。

"我的小姐，有件事情非常奇怪，"他不好意思地说，"我非常不情愿，但我发现自己喜欢你，胜过世界上的一切。"

贝特丽丝假装惊讶，回答道："好吧，我也有一件奇怪的事，先生。我喜欢你，除了你，我的心里装不下别的事情！"

培尼狄克牵起她的手，幸福地说道："那么我就一直住在你心里吧，贝特丽丝，然后埋葬在你的眼睛里。"

众人回到总督府，当地治安官带来消息，说博拉西奥因酒后吹嘘自己的骗局被逮捕。"看来，克劳迪奥被欺骗了。"里奥那托沉思着说。

当克劳迪奥得知自己被唐·约翰欺骗，希罗已经死去时，他非常懊悔。"我的疑心毁了希罗，"他悲伤地对里奥那托说，"你必须惩罚我，用什么办法都行。"

"我的弟弟有个女儿，长得非常像希罗。"里奥那托严肃地说，"要是你娶了她，我就原谅你。"克劳迪奥同意了。

第二天，克劳迪奥和唐·彼德罗神情阴郁地来到小教堂。里奥那托领着头戴面纱的新娘走了进来。

"你愿意娶这位女子为妻吗？"牧师问道。

"我愿意。"克劳迪奥遵守承诺，回答道。

新娘摘下了面纱，希罗凝视着他。

克劳迪奥惊奇地看着她："我的希罗起死回生啦！"

"只有怀疑存在的时候，她才会死去。"里奥那托说完，紧紧抱住他们两个人。

培尼狄克走上前，问道："你愿意嫁给我吗，贝特丽丝？"

"我愿意，为了救你的命。"她回答道，"因为你告诉我，我不愿意你就会死。"

"是的，我要娶你，"他说道，"只是出于同情，你懂的。"说着，他吻了她一下。

然后大家开怀大笑，培尼狄克和贝特丽丝没有因为相爱就失去说俏皮话的机智。

那一整天都充满了婚礼庆典的音乐和笑声。当宾客在草坪和葡萄园中翩翩起舞时，唐·约翰溜走了。宴会一直持续到深夜，每个人都非常快乐，因为他们和里奥那托从此既是好朋友，又是一家人了。

我们之于神灵,就如苍蝇之于顽童,
他们杀死我们,只是为了游戏而已。

剧中人物

李尔王

英国国王

戈纳瑞

李尔王的长女

里根

李尔王的次女

科迪利娅

李尔王的小女儿

葛罗斯特伯爵

忠于李尔王的贵族

埃德加

葛罗斯特伯爵的长子和继承人

李尔王

李尔王年事已高,日渐虚弱。他找来三个女儿,对她们说道:

"我已统治不列颠多年,现在很向往没有王权的生活。我决定把我的王国分给你们,最爱我的女儿将得到最大的份额。"

李尔王的长女戈纳瑞渴望得到王国最大的份额:"我爱您胜过爱我的眼睛、声音甚至呼吸。"

她的妹妹里根也想拥有最大份额的财产:"我也和戈纳瑞一样爱您,甚至爱得更多。您的爱是唯一能让我幸福的事情。"

李尔王满意地点了点头,然后转身看着最喜欢的小女儿科迪利娅。她是三个女儿中性格最温柔的,李尔王希望晚年能得到她的照顾。他问道:"你怎么才能超过戈纳瑞和里根,赢得更多的份额呢?"

"我没什么说的。"科迪利娅回答道。

国王很吃惊。"没什么说的?"他提高了声音,"你要是没什么说的,你就什么都得不到!"

"我能给您的爱,就是女儿应该给父亲的爱,"她诚实地说,"戈纳瑞和里根宣称把所有的爱都给您,可她们都已经出嫁了。当我结婚的时候,我的丈夫会分享我一半的爱。"

这些话让李尔王勃然大怒。"科迪利娅,要是你说的都是事实,那么你就什么都得不到!"他生气地说,"你不让我高兴,你就不再是我的女儿了!"

尽管亲信大臣反对,李尔王还是把科迪利娅永远赶出国土,没有给她一分钱。

面对父亲无情的惩罚,科迪利娅非常震惊,她伤心地离开了。

于是,李尔王把王国分给了戈纳瑞和里根。"我自己只留下一百名骑士。"他对两位女儿说,"我会每月一次,轮流和你们一起生活。"

李尔王的震怒让他的老朋友葛罗斯特伯爵很不安。回到城堡后,在大厅里,他看见小儿子埃德蒙把书信藏在了身后。

"你想隐瞒什么?"他问道。

"没什么,父亲。"埃德蒙故作坦然地说,"那只是我哥哥埃德加寄来的一封信,"埃德蒙不想拿出信,这让葛罗斯特伯爵起了疑心。他要求看看那封信。

葛罗斯特读着信,不敢相信里面的内容。"埃德加在信中说他已经迫不及待地想要继承我的遗产,还想找你帮忙来谋杀我!这是真的吗?"

"父亲,我觉得埃德加只是在检验我的忠诚。"埃德蒙回答道。可伯爵已经怒不可遏(è),马上命人去把埃德加抓起来。

伯爵走后,埃德蒙露出了阴险的笑容,因为那封信是他写的,不过是欺骗父亲的诡计。"为什么我要被剥夺继承权?只因为我是最小的儿子?"他心里充满了怨恨,"我和哥哥一样,都有份!"无情的野心让埃德蒙想除掉自己的哥哥和父亲,这样他就可以独占家产了。

埃德加得知父亲怀疑自己,就从城堡逃跑了。为了不被抓到,他换下华丽的衣服,穿上了破烂衣服扮成乞丐，化名汤姆，在乡间的荒野流浪。

此时，李尔王带着骑士，和戈纳瑞住在一起。然而，没过多久，她就开始抱怨父亲的一百名骑士，想要把他们赶走。

"你的骑士不守规矩，都是乌合之众。"她严肃地对父亲说，"他们时常吵个不停，麻烦不断。我已经下令把一半人解散了。"

李尔王对女儿的做法非常生气，感到自己不受尊重。"戈纳瑞，你真是忘恩负义！"他痛苦地说道，"让我宽慰的是，我还有一个女儿。"于是他带着余下的骑士去了里根那里。

戈纳瑞马上给里根写信，警告她，父亲带着手下就要到了。等李尔王带人到达里根的宫殿时，里根已经离开了。

李尔王只好去了葛罗斯特的城堡，令他吃惊的是，里根在这里做客。

李尔王向她抱怨戈纳瑞。"你姐姐把我的骑士打发走了一半。"他生气地说，"她的犀利言辞和不近人情，像秃鹰一样刺痛我的心。"

但是里根没有对父亲表示任何同情。"我觉得戈纳瑞也是有充足理由的。"她冷冷地说，"你年事已高，需要学习别人的智慧。你还是回戈纳瑞那里，乞求她的原谅吧。"

"不可能！"李尔王大声反对，"我宁愿在荒野里和野狼一起生活！"

"要想和我生活在一起，你就不能留这些骑士。"里根对他说，"我根本看不出你有什么必要保留军队，还是把他们都解散吧。我的手下会照顾你的。"

李尔王气得暴跳如雷。"我把一切都给了你！"他咆哮着说，"你怎么能让我什么都不留下？你和你姐姐一样邪恶！你的爱就是谎言！"他乞求天神给她们报应。

就像回应他的召唤，天空电闪雷鸣，整个城堡都在震颤。"我觉得我快疯了！"暴怒的李尔王大喊着跑进了暴风雨中。

葛罗斯特赶紧去追身心脆弱的老朋友，却被里根拦住了。

"让他走吧，"她坚定地说，"他完全是自找的。"

葛罗斯特对她的冷酷感到惊恐，但他也没有办法。

整个晚上，李尔王都在冷风和急雨中跌跌撞撞地走着。两个女儿的背叛和小女儿的离去让他备受折磨，他变得失去理智。痛苦交加之时，他撕扯着自己的头发，向暴风雨大声吼叫，要毁灭世界。

"雷，你尽情轰轰响吧！"他朝天空咆哮，命令道，"雨，你尽情喷洒吧！火，尽情吐你的火舌吧！"

最后，筋疲力尽的李尔王来到一间孤零零的茅草房前。在房子里，李尔王发现了装扮成乞丐的埃德加，他蜷缩在草堆上，也是来躲雨的。

李尔王被触动了，眼前这位乞丐在世界上孤立无援，和自己一样。他的愤怒消失了，取而代之的是怜悯之心。"我这一生都没有关注过无家可归者和穷人。"他心里忧伤地想着，然后问道："你叫什么名字？"

"可怜的乞丐汤姆，"埃德加呜咽着，"可怜的乞丐汤姆。"

李尔王与埃德加一起坐在草堆旁，他身体虚弱，思绪混乱。"我现在明白了，人不过是可怜的两足裸体动物而已，"他心里想，"这才是真正的一无所有。"

黎明到来时，暴雨渐渐平息。葛罗斯特穿过清晨的薄雾来到茅草房。他没有听从里根的劝阻，出来寻找老朋友。他没有认出身穿乞丐衣服的埃德加，但看到了虚弱又糊涂的李尔王，他悲伤不已。他命令手下把李尔王抬到马车上。"我收到了科迪利娅的信，"葛罗斯特告诉李尔王，"她嫁给了法国的国王，已经带着法国军队到了多佛，要打败两个姐姐，夺回王国。"他让手下赶紧把李尔王送到多佛。

"国王现在安全了。"葛罗斯特对埃德加说，"但看到他的疯癫，我很悲伤。朋友，告诉你，我现在也痛苦得快发疯了，因为我失去了钟爱的儿子。"

埃德加看到了父亲眼里的极度悲伤，但是他没准备好显露真实身份，于是他不停念叨"可怜的乞丐汤姆"。

葛罗斯特回到城堡，立刻被戈纳瑞和里根逮捕了。原来，埃德蒙出卖了自己的父亲，给她们看了科迪利娅的信。为了惩罚伯爵的背叛，两姐妹弄瞎了葛罗斯特的眼睛。

失明的伯爵大声呼救："我的儿子埃德蒙在哪里？"

里根冷笑了几声，说道："别白费力气喊他了，埃德蒙恨你。他就是背叛你的人！"葛罗斯特终于明白了真相：埃德加是无辜的，他被小儿子欺骗了。

葛罗斯特的老仆人同情主人的遭遇，悄悄把他放走了。"主人，我要找一个帮你看见光明的人。"说完他领着伯爵找到了乞丐汤姆。

当看见双目失明、茫然无助的父亲时，埃德加吓坏了。但是葛罗斯特不需要怜悯。

"我不需要光明了。"葛罗斯特悲叹一声，"当我眼睛能看见的时候，我看不清真相。要是能摸一摸我冤枉的儿子，我宁愿不要光明。"他请求埃德加带他去多佛找李尔王。

于是，心情沉重的埃德加挽住父亲的手出发了。

与此同时，李尔王与科迪利娅在多佛重聚。虽然不幸和失败让他疲惫不堪，但也让他得到了智慧。他跪在女儿面前，谦逊地说道："我是个愚蠢的老人，我知道你也有充足的不爱我的理由。可是，科迪利娅，你能忘记过去，原谅我吗？"

看到父亲的转变，科迪利娅哭了。她也跪在父亲身旁，亲吻着他的双手。"我对您的爱，就是女儿对父亲的爱，"她向父亲保证，"我会照顾您的。"科迪利娅为父亲找到住处后就开始动员战士，准备打仗了。

戈纳瑞和里根联合埃德蒙的军队迎战。他们的实力更强，科迪利娅带领的法国军队失败了。李尔王和科迪利娅被俘虏了。

"不要哭，"被送进监狱时，李尔王对女儿说，"我们应该无忧无虑地在一起，就像笼子里的鸟儿一样歌唱。"

然而，埃德蒙却对两人的命运另有安排。他的野心空前膨胀，想夺取戈纳瑞和里根的权力，不想让李尔王和科迪利娅给他带来任何麻烦。他给监狱长送去书信，要求他除掉父女二人。

埃德蒙刚打发走送信人，埃德加就穿着铠甲，戴着头盔赶到了。他走上前质问埃德蒙。

"你背叛了你的父亲和哥哥！"他大声说道，"你是个彻头彻尾的叛徒！"

埃德蒙连忙拿起宝剑刺向他,但埃德加更擅(shàn)长决斗。他给了埃德蒙致命一击。

"如果必须死在你的剑下,我想知道你的大名。"埃德蒙喘息着说。

埃德加摘下头盔,说道:"我是葛罗斯特的儿子。我的父亲因你的背叛双目失明,今天又因伤心欲绝离开了人世。"

"那么,一切都完结了。"埃德蒙深深叹了一口气,明白这都是他对于权力的贪婪造成的恶果。他醒悟过来,说道:"哥哥,快去监狱!我已下令今天杀掉李尔王和科迪利娅。快去救他们吧!临死前我想做点好事。"

然而,埃德蒙的回心转意太晚了。当埃德加派去的人赶到监狱时,已经来不及救下科迪利娅了。李尔王面色苍白地抱着她的尸体。

"杀人犯和叛徒,我诅咒你们!"他哭着说,"我可怜的科迪利娅再也回不来了。"不一会儿,老国王俯下身子,好像在倾听着女儿的低语。然后,他伤心欲绝地倒在地上,抱着自己心爱的忠诚的女儿死去了。

你的惩罚就是,

按我的意愿从你身上割下一磅肉。

剧中人物

巴萨尼奥

安东尼奥的朋友,一位年轻绅士

安东尼奥

威尼斯的商人

鲍西娅

贝尔蒙的女贵族

夏洛克

威尼斯的放债人

尼莉莎

鲍西娅的女仆

葛莱西安诺

巴萨尼奥的朋友

威尼斯商人

阳光照耀着波光粼粼的威尼斯河道。一个名叫巴萨尼奥的年轻绅士与好友安东尼奥走在街上。

巴萨尼奥与朋友分享着秘密。他说道:"我爱上了一个名叫鲍西娅的女孩,她漂亮又聪明,我确信她也喜欢我。"

"那你为什么看起来心事重重呢?"安东尼奥问。

巴萨尼奥叹了一口气,说道:"鲍西娅的父亲刚去世,给她留下一大笔遗产。现在,王子们从四面八方赶到她在贝尔蒙的家,希望能娶她。"

"喔,我的朋友,我会想尽一切办法帮助你。"

"我需要钱。"巴萨尼奥解释,"要是我买得起华丽的衣服和贵重的礼物送给鲍西娅,或许我能有机会胜过那些对手。"

安东尼奥若有所思地点了点头,"只有我的商船卖掉所有货物回到威尼斯,我才有钱。不过,大家都知道我的信用好。你先去找愿意借你钱的人,等我的商船一回来,我保证还钱。"

巴萨尼奥的脸上露出笑容,不停感谢安东尼奥,开心地说道:"只要我娶了鲍西娅,我所有的债务都能还上了!"他满怀希望地离开,寻找愿意借钱的人。

他在市场里遇见了放债人夏洛克。起初,夏洛克并不愿意帮助巴萨尼奥,但听说钱都由安东尼奥还时,他立刻来了兴致。

"这或许是个报复安东尼奥的好机会,"夏洛克心里想,"我很讨厌他。他借钱不要利息,抢了我的生意,还对其他商人说我的坏话。"不过,夏洛克没有把怨恨显露出来。

"我们来说说借钱的事吧。"夏洛克说。

就在这时,安东尼奥出现了。看到巴萨尼奥与自己鄙视的贪得无厌的夏洛克谈生意,他很不高兴。

"夏洛克,"安东尼奥轻快地说,"你会把三千块钱借给我的朋友吗?"

夏洛克摸了摸自己的长胡子,说道:"安东尼奥先生,你管我叫恶狗很多次了。"

"毫无疑问,我还会这样叫,"安东尼奥说,"但这是生意。如果我无法偿还债务的话,我猜你会很享受惩罚你的敌人。"

"我只希望得到你的爱心和善意,"夏洛克狡猾地说,"为了我们之间的友情,我愿意把钱借给你,不收利息。"

巴萨尼奥松了一口气。

"不过，要是从现在算起的三个月后，你无法偿还欠债，"夏洛克接着说，"你必须接受惩罚，安东尼奥，我要割下你的一磅肉，而且是最靠近你心脏的那磅肉。"

巴萨尼奥吓了一跳，叫道："安东尼奥，别同意他的条件。"

夏洛克有些生气，说道："先生们，我是看在友情的分上才开出这样的条件。你们还不上我的钱，我得到的只是一磅不值钱的肉而已。"

虽然安东尼奥看得出夏洛克的虚情假意，但他不能拒绝夏洛克的挑衅。他决心帮助巴萨尼奥，于是接受了借款的条件。他向朋友保证："我的商船会早早返回，远远早于借款到期日。"

巴萨尼奥拿到夏洛克的钱，买了华丽的衣服和礼物。他的朋友葛莱西安诺曾陪他去过贝尔蒙，现在也渴望再去一次。于是他们一同坐船出发了。

当巴萨尼奥和葛莱西安诺前往贝尔蒙的时候，鲍西娅已经开始厌烦那些不中意的求婚者。父亲去世前，他曾给她三个小盒子，分别由金、银和铅做成。他还坚持说，只有猜出哪个盒子里有鲍西娅的画像的人，才能娶他的女儿。

"不能为自己选丈夫，真是件痛苦的事啊。"当女仆尼莉莎摆出盒子等待摩洛哥王子到来时，鲍西娅对她说。

"我的小姐，要是让我为您选丈夫，我认为从威尼斯来拜访过令尊大人的英俊小伙子再合适不过了。"尼莉莎调皮地说。

鲍西娅对那位威尼斯的年轻人印象很深。"是的，他叫巴萨尼奥，对吧？他确实很英俊。"说完，她脸色羞红地转过身去。

当摩洛哥王子走进来时，鲍西娅把父亲的测试题告诉他。"王子，三个盒子中的一个有我的画像。要是你选对了，我就是你的妻子。"

摩洛哥王子接受了挑战。他先看了铅盒子上的题字："不管谁选我，都会冒着失去一切的危险。"

"没有哪个有钱人会冒险失去一切，选这个不值钱的铅盒子！"他嘲笑着说道，然后拿起银盒子。

"不管谁选我，都会得到他应得的东西。"王子读道，心想："我有着高贵的血统，值得拥有最好的东西，当然也应该得到鲍西娅小姐。"但为了更有把握，他又读了金盒子上的题字："不管谁选我，都会得到许多男人都渴望的东西。"

王子微笑着对鲍西娅说："许多男人都倾慕你的美丽，我的小姐。这个一定是正确选项。"

然而，令王子沮丧的是，金盒子里面只有一副骷髅，旁边还有一张纸条。

"发光的并不都是金子。"他念着上面的文字，意识到仅凭外表做选择是不明智的。他只好心情沉重地离开了。

过了一会儿，阿拉贡王子也来了。他仔细地查看三个盒子，就像摩洛哥王子一样，他也拒绝冒着失去一切的风险去选铅盒子。但他也没有选金盒子。

"我不会选许多男人都渴望的东西，"他说，"因为大多数男人都是傻子。"于是他拿起了银盒子，"不管谁选我，都会得到他应得的东西。嗯，事情就是这样的。我应该得到最好的！"王子打开盒子，失望地发现里面只有一幅小丑的画像。

他悲伤地说道："看来，我来的时候是个傻瓜，离开的时候变得更傻了。"

看到王子离开，鲍西娅长出了一口气。然而，还没等尼莉莎把几个盒子收好，一个送信人就跑来说，一位来自威尼斯的求婚者到了。"希望来的是巴萨尼奥先生。"鲍西娅对自己说。

巴萨尼奥和鲍西娅满怀欣喜地重聚。就如尼莉莎猜测的那样，两人第一次见面的时候，巴萨尼奥就已俘获了鲍西娅的芳心。现在巴萨尼奥也承认了，自从那一天见到她，他心里想的就是她。他告诉鲍西娅，好友安东尼奥如何帮助他，而她只在乎他是否爱她。不管怎样，巴萨尼奥只有完成她父亲的考验，选择正确，才能和她结婚。

尼莉莎把三个盒子摆到了他的面前。

"我的画像锁在了其中一个盒子里面。"鲍西娅说，"你要是爱我，就能找到我。"鲍西娅非常想告诉巴萨尼奥，哪个才是正确的盒子，但她只能静静观察，相信她父亲的测试能帮她找到真爱。

巴萨尼奥仔细研究三个盒子，没有被闪闪发光的金盒子和银盒子所诱惑。"美丽是不值得信赖的，"他说，"它常被用来掩饰丑陋的东西。而铅盒子没有承诺任何东西，只要求我冒失去一切的风险，这也是我愿意为爱付出的。"让鲍西娅高兴的是，他打开了铅盒子，找到了她的画像。

"我愿意把我和我所拥有的一切都给你。"鲍西娅说。葛莱西安诺和尼莉莎笑着向他们表示祝福。

"那么，我终于也可以结婚了。"葛莱西安诺说道，因为他发现第一次见到尼莉莎时就爱上了她。"尼莉莎发誓不会嫁给我，除非巴萨尼奥娶了她的女主人。我得感谢您，让我能娶妻！"

他们很快就举行了婚礼。然而，一个月后，一封来信中断了所有人的喜悦之情。

"安东尼奥的商船全部沉没了，"巴萨尼奥惊呆了，"我们欠的债没有及时还上，现在夏洛克要割下他的一磅肉！"

"你一定要尽快去帮助你的朋友，"鲍西娅说，"我们能支付高于债务二十多倍的黄金。"

巴萨尼奥和葛莱西安诺立刻乘船前往威尼斯。

因为无力偿还债务，安东尼奥被关在监狱里，他试图与夏洛克理论，但这个冷酷的放债人对他没有丝毫的怜悯之情。

"法律会给我公正的判决，"夏洛克说，"我会得到我那一磅肉。安东尼奥，你管我叫狗，现在你就要看到我的尖牙！"

与此同时，鲍西娅想到了救安东尼奥的办法。"毕竟，我们的幸福全靠安东尼奥才获得的。"她对尼莉莎说。她先征求了堂兄、资深律师贝拉里奥的意见，然后和尼莉莎一起坐船到了威尼斯。

审判日那天，安东尼奥被带到法庭，站在威尼斯公爵的面前。

"安东尼奥，我很为你惋惜，"公爵说，"夏洛克是个无耻的小人。"然而，安东尼奥已经屈服于命运，他知道必须履（lǚ）行自己的承诺，法律也无法把他从夏洛克的复仇中拯救出来。

当夏洛克出庭的时候，公爵希望他能够怜悯安东尼奥。

夏洛克断然拒绝了。"我恨安东尼奥！"他说，"我只要求得到他欠我的东西。"

巴萨尼奥走上前,说道:"为了偿还你的三千块钱,我愿意给你六千块。"

"即使你偿还我六千个六千块,我也不愿意。"夏洛克耸耸肩,冷笑着说,"我只想要那一磅肉。我可以得到公正的判决吗?"

公爵告诉法庭里的人们,他必须等资深律师贝拉里奥到达后再做判决。这时,一位年轻的律师和他的助理走进法庭,拿着贝拉里奥的信。巴萨尼奥和葛莱西安诺都没有认出他们女扮男装的妻子。

公爵读着信。"贝拉里奥律师身体欠佳,"他对法庭上的人说,"于是他派了一位年轻有为的、名叫巴尔塔萨的律师来接替他。"公爵让巴尔塔萨讲话。

鲍西娅用力地捋了捋自己的假胡子,走到前面。

"我已经看了这个案子的细节。"她粗着嗓子说,"安东尼奥,你承认欠夏洛克钱的事实吗?"安东尼奥点头承认。于是她说:"那么放债人必须要仁慈。"

夏洛克满脸不悦,回答道:"我为什么要仁慈?"

"仁慈是两倍的赐福。"她对夏洛克说,"它不但赐福施与的人,还赐福接受的人。"

"我不在乎仁慈与否,我没做错任何事。"夏洛克沮丧地晃着拳头,命令道:"我只要法律的判决!"

巴萨尼奥解释,他愿意偿还债务,却被拒绝了。"那么夏洛克有权利得到公平的判决,"鲍西娅宣布,"从最靠近商人安东尼奥心脏的位置取一磅肉。"

法庭里的人们都惊呆了。夏洛克的眼里闪着恶毒的光。他从袋子里拿出匕首,开始磨刀,这个场景让人群心生寒意。

"安东尼奥,做好准备吧。"鲍西娅说。

夏洛克从袋子里拿出一杆天平,要用它称肉,他心满意足地咧着嘴,露出邪恶的笑容。

但他举起刀时,鲍西娅警告说:"小心点,夏洛克。你要的判决只是一磅肉,并未提及安东尼奥的血。要是你洒下一滴血,公爵就有权取你的性命。"

夏洛克拿刀的手一下子停住了,连忙问道:"法律上是这样说的吗?"鲍西娅说:"你可以自己去查。"

夏洛克意识到自己挫败了,他不能牺牲自己的生命,去拿到一磅肉!他赶紧大声喊道:"那就还我钱吧!"

"可是你已经拒绝了,"鲍西娅坚定地说,"法律只允许你得到那磅肉。"

夏洛克低声诅咒着。没有办法向安东尼奥讨债或是报复,夏洛克只好放弃打这场官司,两手空空地溜走了。

安东尼奥被释放了。他想感谢救自己一命的年轻律师,而鲍西娅和尼莉莎已经匆匆离开法庭,以便在丈夫之前赶回家。

当两对夫妻重聚,知道鲍西娅的伪装后,大家笑成一团。鲍西娅和巴萨尼奥生活得幸福美满,而他们的好友、威尼斯商人安东尼奥也获得了自由。

莎士比亚简介

威廉·莎士比亚，1564年出生于英国埃文河畔的斯特拉福德小镇。七岁的时候，他在当地的语法学校学习数学、英语、法语和拉丁语，还了解了伊索寓言、希腊神话和奥维德等故事。他最初的戏剧经历可能是在学校里表演希腊戏剧，或是给当时巡演的神秘剧和奇迹剧（一种由工匠表演的宗教哑剧）提供帮助。莎士比亚的父亲是位制作手套的工匠。当莎士比亚十五岁的时候，他也开始学习这门手艺。不过，在1585年，莎士比亚怀着成为演员和剧作家的梦想，和家人搬到了伦敦。

到1594年，他已经成为伦敦最好的剧团——"内务大臣供奉剧团"的一员。起初做学徒的时候，他的工作可能只是扮演一些小角色，清扫剧场和帮助演员穿戏服。他还帮助更有经验的剧作家写剧本，甚至提出自己的戏剧创意。1590年的《驯悍记》是他最早在舞台上演出的作品之一。接下来他又创作了两部新作——《错误的戏剧》和《维罗纳二绅士》。很快，他又创作了两部脍炙人口的爱情剧——《罗密欧与朱丽叶》和《仲夏夜之梦》。他的一些戏剧既在宫廷演出，也面向公众表演。

1599年，内务大臣供奉剧团搬到了新建的环球剧院。莎士比亚的众多知名作品，包括《亨利五世》《哈姆雷特》《奥赛罗》和《第十二夜》，都是在这里演出的。他的戏剧不仅让观众体会到转瞬之间的欢笑悲伤，也给他本人带来了巨大的荣誉和财富，他在斯特拉福德和伦敦都拥有房产。

1603年伊丽莎白女王去世后，詹姆斯一世继承了王位。莎士比亚的剧团获得了皇室的许可权，更名为"国王供奉剧团"。莎士比亚继续为环球剧院创作新剧，还在天气不好的时候在黑衣修士剧院进行室内表演。他最后一部伟大作品《暴风雨》就是1613年在这个剧院演出的。

莎士比亚于1616年4月23日逝世。他的戏剧被认为是世界文学最伟大的作品之一，至今仍定期演出。

莎士比亚戏剧作品列表

喜剧：

《终成眷属》（1604—1605）
《皆大欢喜》（1599—1600）
《错误的戏剧》（1594）
《爱的徒劳》（1594—1595）
《一报还一报》（1603—1604）
《威尼斯商人》（1596—1597）
《温莎的风流娘儿们》（1597—1598）
《仲夏夜之梦》（1595）
《无事生非》（1598）
《泰尔王子伯里克利》（1607—1608）
《驯悍记》（1590—1591）
《暴风雨》（1611）
《第十二夜》（1600—1601）
《维罗纳二绅士》（1590—1591）
《两贵亲》（1613—1614）
《冬天的童话》（1609）

历史剧：

《亨利四世》第一部（1596—1597）
《亨利四世》第二部（1597—1598）
《亨利五世》（1598—1599）
《亨利六世》第一部（1591）
《亨利六世》第二部（1591）
《亨利六世》第三部（1591）
《亨利八世》（1613）
《约翰王》（1595）
《理查二世》（1595）
《理查三世》（1593）

悲剧：

《安东尼与克莉奥佩特拉》（1606）
《科利奥兰纳斯》（1605—1608）
《辛白林》（1611）
《哈姆雷特》（1600—1601）
《尤利乌斯·恺撒》（1599）
《李尔王》（1605—1606）
《麦克白》（1606）
《奥赛罗》（1603—1604）
《罗密欧与朱丽叶》（1595）
《雅典的泰门》（1608）
《泰特斯·安德罗尼柯》（1588—1593）
《特洛伊罗斯与克瑞西达》（1601）

本书中的剧目梗概

《皆大欢喜》

16世纪90年代的时候,莎士比亚创作了一些喜剧作品。喜剧是一种以幸福结局收场、让观众欢笑的戏剧形式。在《皆大欢喜》中,莎士比亚以戏谑的方式调侃了当时的爱情观,诸如爱情是给人带来痛苦和折磨的疾病。他还把城市生活与乡村生活进行对比,说明森林可以让人远离宫廷生活的压力,从而被治愈。戏剧中的亚登森林,灵感可能来源于莎士比亚故乡附近的亚丁森林!

《哈姆雷特》

这出戏剧的开场,哈姆雷特见到了父亲的鬼魂,得知父亲被谋杀,鬼魂要求他复仇。复仇主题的戏剧在当时很普遍,《哈姆雷特》却与众不同。剧中没有太多的暴力场景,取而代之的是哈姆雷特不知道该怎么做。他或是怀疑鬼魂的可信度,或是在执行谋杀的过程中举棋不定,或是质疑生死的本质意义。哈姆雷特思想的犹豫不定,使这部剧成为经典之作。

《尤利乌斯·恺撒》

在这部戏剧中,莎士比亚聚焦于真实的历史事件——公元前44年3月15日恺撒被暗杀。莎士比亚借此探讨了谁应该统治罗马和如何统治罗马的问题。罗马是共和国,由议员投票通过法律,并管理国家,但恺撒变得越来越像独裁的国王。戏剧也展现了自由意志与命运的对抗。戏剧开场时,恺撒也像麦克白一样,收到了预示未来命运的预言。

《李尔王》

《李尔王》可能是莎士比亚戏剧中最黑暗的一部。年迈的国王让自己的虚荣心占了上风,把王国分给了两个自私的女儿,而不是最爱他的女儿科迪利娅。两个女儿背叛了他,李尔王慢慢疯癫。观众在这部剧中看不到公正的情节,即使故事结尾李尔王与科迪利娅重聚,他们还是在战场上失败,最终死去。虽然戏剧中有善意的一面,但很难说它是否战胜了邪恶。

《麦克白》

《麦克白》是关于权力的贪欲会导致悲剧后果的故事。三个女巫的预言引发了一系列事件,也造成了死亡与毁灭,但麦克白成为国王到底是命运的安排,还是个人意志导致的,莎士比亚并没有交代清楚。1605年爆发了企图炸毁王宫的火药阴谋事件后,《麦克白》为詹姆斯一世演出,是恢复为国王表演的最早的一批剧目之一。一些历史学家认为这是一部警示剧,警告那些想暗杀国王的人。

《威尼斯商人》

这部剧的一个主题是公正与法律,另一个主题是怜悯:夏洛克执意要安东尼奥的一磅肉,尽管众人都希望他有怜悯之心,这让观众看到了他的恶毒。有人认为《威尼斯商人》中对夏洛克这个犹太人物的描写具有反犹

太的色彩。不过，还有人认为戏剧的内容远比这复杂。夏洛克在剧中有一句经典的台词，用来表明犹太人与其他的民族并无差别。"要是你们用刀剑刺我们，我们不是也会出血吗？要是你们搔我们的痒，我们不是也会笑吗？要是你们用毒药谋害我们，我们不也会死吗？要是你们欺辱了我们，我们难道不会复仇吗？"

《仲夏夜之梦》

这部喜剧是为了庆祝伦敦一场富人的婚礼而写的，讲述了错误的身份和爱情的困难。四对恋人牵涉到仙王与仙后的争吵中，产生了欢快的效果。正如拉山德所说的那样："真爱无坦途。"但所有好的结果离不开迫克和一点魔法。《仲夏夜之梦》情节轻松有趣，是莎士比亚剧作中最受欢迎的作品之一。

《无事生非》

这是一部轻松幽默、充满俏皮话的喜剧作品，讲述了两对恋人——培尼狄克与贝特丽丝、希罗与克劳迪奥——之间的故事。其中包含了与莎士比亚其他喜剧相似的主题，诸如错误的身份和真爱无坦途等。《无事生非》的独特之处在于机智的对话和优雅的社交礼仪，体现了当时宫廷生活的典型行为。培尼狄克与贝特丽丝之间的对话尤其犀利！

《奥赛罗》

嫉妒与痴迷是这部戏剧的主题。莎士比亚在剧中探讨了一个正直的男人是如何被邪恶的人引导，怀疑自己的妻子。奥赛罗是摩尔人，也就意味着他在威尼斯是外族人。伊阿古的种族主义观念，使奥赛罗相信妻子不忠，但或许奥赛罗的外族人身份，才是他相信伊阿古的原因。在莎士比亚的许多戏剧中，包括《无事生非》，女人的"名声"是极其重要的。

《罗密欧与朱丽叶》

这是莎士比亚最受欢迎的戏剧之一，也是所有时代最著名的爱情故事之一。它讲述了一对恋人因两个家族长期不和而造成的悲剧。罗密欧与朱丽叶虽然奋力反抗自己的家庭，却无法逃脱环绕他们的暴力。莎士比亚揭示了命运和社会如何摧毁最坚定的爱情。

《暴风雨》

这部喜剧被认为是莎士比亚最后一部伟大作品，讲述了和11年前的背叛有关的故事。就像《哈姆雷特》一样，这是一部复仇主题的作品，但结局是圆满的。普洛斯彼罗原谅了篡位的弟弟，返回那不勒斯，重新当上公爵。在戏剧的结尾，普洛斯彼罗对观众说"愿你们宽大，给我以自由"，这无疑是值得称赞的教导。

《第十二夜》

这部剧与《暴风雨》相似，讲述了一个沉船的故事，不同的是沉船发生在戏剧开始之前。这个事故让薇奥拉与哥哥塞巴斯蒂安分离。莎士比亚喜欢在故事中描写女扮男装的情节，这部戏剧便是如此。不过，具有讽刺意味的是，在莎士比亚时代，所有的角色都是由男演员扮演的。因此，西萨里奥的角色由男人扮演，他既要扮演女性，后来又要女扮男装！